안녕, 우리

안녕, 우리

심아진 소설

상상

차례

안내

하숙집 주인 차휘랑은 인상부터 기이했다. 성준이 부동산 중개사에게 들은 바로 분명 이십 대 초반일 텐데, 옷차림이며 태도가 상늙은이를 방불케 했다. "어려서부터 조부모랑 살다가 할머니까지 돌아가시고서는 그 집을 물려받았지. 상속세며 뭐며 감당하려고 보통 깐지게 구는 게 아니지만, 당장 구할 수 있는 방 중엔 여기가 제일 나아." 중개사로부터 미리 그런 설명을 들었으므로 집주인이 지나치게 젊다는 걸 문제 삼을 이유는 없었다. 너부데데하고 까마무트름해서 그다지 호감을 주지 않는 얼굴도 제 얼굴이 아닌 다음에야 상관할 일이 아니었다. 젊었다고 다 달걀처럼 갸름하고 뽀얀 얼굴을 가지란 법은 없으니까. 그러나 점잔 빼는 듯한 표정에 통이 너른

바지를 입고 안짱걸음을 걷는 노인 같은 품새는 좀, 아니 상당히 이상했다. 기이한 건 또 있었다. 차휘랑은 집을 보러 간 중개사와 성준에게 문을 열어주면서도 인사말을 건네지 않았다. 대뜸 작은 수첩을 내밀었는데 거기엔 보증금과 월세가 적혀 있었다. 돈 문제를 명확히 하지 않고서는 집도 보여주지 않겠다는 듯 결연해 보였다. "왜 갑자기 벙어리 흉내를 내는 거야?" 세상이 자신을 소외시킨 걸 모르고 살아왔을 법한 나이 지긋한 중개사가 그렇게 묻는 것으로 보아, 원래 장애가 있어 말하지 못하는 건 아닌 듯했다. 차휘랑이 수첩의 다음 장을 넘겨 무어라 쓱쓱 휘갈기더니 다시 내밀었다. '사정 있소.' 중개사는 별꼴 다 보겠다는 듯 두어 번 혀를 찼고, 성준은 다른 데를 알아봐야 하나 싶어 얕게 한숨을 내쉬었다.

집은 성준의 마음에 들었다. 낡았으나 오랜 세월 정갈하게 쓸고 닦은 손길이 느껴지는, 작긴 해도 화단까지 갖춘 운치 있는 가옥이었다. 하숙생이 세 명밖에 되지 않는다는 점이나 차휘랑이 보여준 방이 예상보다 넓고 볕이 잘 든다는 점도 흡족했다. 성준은 공동으로 쓰는 거실이며 부엌을 둘러보다가 캡슐형 커피머신을 일별하고는 차휘랑의 인상쯤은 무시해도 괜찮겠다는 생각을 처음으로 했다. 이어 차휘랑이 '하루 두 끼 원하는 시간에 식사 가능. 한식 조리사 자격증 있음.'이라고 적어 내민 걸 보고는 얼추 마음을 굳혔다. 대학 졸업을 거듭 미루고서 임용고시에 매달린 성준은 혼자 밥을 해 먹거나 사 먹는 데 질려 있었다. 물론 이사를 결심한 건 다른 더 큰 이유 때문이었으나 현재의 성준에겐 먹거리도 중요했다. 도무지 입맛이 없었고, 나날이 살이 빠지고 있었던 것이다. 성준은 차휘랑이 자랑스레 보여준 빨래 건조기 앞에서 마침내 입주를 결심했다. 뜻밖에도 건조기는, 육신의 안녕을 도울 뿐인 '밥'에 의미를 둔 수 분 전의 자신을 반성하게 할 만큼 감동적이었다.

곧 부동산에서 계약이 이뤄졌다. 차휘랑은, 이집트 로제타에서 해독할 수 없는 문자가 적힌 검은 비석을 발견한 프랑스인처럼 고개를 갸웃거리더니 성준에게 수첩을 내밀었다. '이 날짜가 진짜 생일 맞소?' 성준의 생년월일 아래 밑줄이 죽 그어져 있었다.

네, 맞는데요. 무슨 문제라도 있습니까?

차휘랑은 그건 아니라는 뜻으로 손을 내젓더니 비로소 서류에 도장을 찍었다. 대나무 무늬가 있는 검은 마노 도장마저 주인을 닮아 예스러워 보였다. 성준은 다시 한번 꺼림칙했으나 이미 제 손을 떠난 일이려니 여겼다. 막상 계약하고 보니, 한시라도 빨리 집을 옮기고 싶었다.

사실 밥이고 건조기고를 떠나 성준이 이사하려는 가장 큰 이유는, 사귄 지 반년 만에 헤어질 결심을 했으나 그 후로 반년이 지나고도 여전히 그러지 못한 여자 친구 은비에게 있었다. 정확하게는 은비의 말……. 은비는 말이 많아도 너무 많았다. 예쁜 얼굴, 귀여운 몸짓에도 불구하고 사귄 지 석 달 만에 성준의 성기마저 구제 불가능한 상태로 거꾸러뜨렸을 정도였다. 은비는, 은은하거나 비밀스럽거나 그도 아니면 잔잔히 내리는 비를 연상시키는 이름과는 딴판이었다. 숨은 언제 쉬나 싶을 만큼 끝없이 말을 쏟아냈는데 그 말에는 대개 가전제품의 설명서에나 나올 법한, 쓸데없이 세세한 사항이나 현학적인 조언이 포함되곤 했다. 넉 달째에 이르자 성준은 사백사십사 년쯤 잔소리를 들은 듯 피곤해졌다.

그런데도 성준이 단호하게 은비를 끊어내지 못한 건 은비가 애초에 반했다고 고백한 성준의 장점, 그러니까 참을성 때문일지 몰랐다. 은비의 부연 설명대로라면 우리 민족의 기질이기도 한 은근과 끈기이며 나아가 피고 지고 또 피고, 저녁에 댕강 목이 떨어졌다가도 아침에 다시 새 꽃이 피는……. 그러니까 젠장, 한 계절에 무려 삼천 개의 꽃도 피우는 무궁화와 같은 기상이 왜 제게 있는지 알 수 없었으나 정말로 그 때문인지, 성준은 그 참을성이 심성의 유약함 혹은 우유부단함, 미련함 등 지리멸렬하고 한심한 약점일 뿐이라고 내내 자조하면서도 선불리 이별을 선언하지 못했다. 임용고시를 준비하는 교내 모임에서 만난 사이니만큼 공부할 때도 쉴 때도 도무지 은비를 벗어날 수 없었던 성준은 속사포 같은 말 때문에 온몸에 구멍이 뚫려 너덜너덜해지고서야, 그러니까 은비가 말하기 전에 음, 하고 뜸만 들여도 과녁이 된 몸뚱어리가 뻣뻣하게 굳을 지경이 되고서야 겨우 헤어지자는 말을 꺼냈다. 물론 이별에 대해 은비가 끝없이 이유를 물었고 토를 달았고 강짜를 부렸기에 쉽게 헤어지지도 못했다. 성준은 은비가 대단한 선처라도 베푸는 양 생각할 시간을 갖자며 갑작스레 그리스로 여행을 떠나고서야 겨우 숨통이 트였다. 그러나 3주 후에 은비가 마음을 정리하고 돌아와 그래, 깨끗이 헤어져, 할 거라고는 기대하지 않았다.

여행지에서조차 은비가 주야장천 문자를 보냈으므로 성준은 은비의 문자를 차단한 후 최소한 원룸이 아닌 곳으로라도 이사해야겠다는 생각을 했다. 할 수만 있다면 아주 멀리, 심지어 본가가 있는 고향에라도 가고 싶었다. 그러나 익숙한 도서관, 공부 모임 등을 모두 포기할 수는 없었다. 애초에 원룸은, 성준이 기숙사며 하숙 등을 두루 거친 후에 개인적인 공간을 가지고 싶어서, 그러니까 여자 친구가 생기면 자유롭게 드나들게 하고 싶어 무리해서 얻은 곳이었다. 그러나 성준은 곧 원룸이 끔찍하게 싫어지고 말았는데 은비 목소리가 은비의 혼령이라도 되듯 구석구석 떠돌아다녔기 때문이었다. 성준을 놓아주느니 차라리 정신을 놓고 말겠다는 듯 오달진 목소리는 신기하게도 은비가 여행을 떠나고 나자 더 또렷하게 들렸다. 가령 아침에 문을 열고 나서려면 이런 소리가 들리는 식이었다. 오빠, 빨래 널어놓고 가야지. 젖은 채로 세탁기 안에 오래 두면 냄새나잖아. 모락셀라균이라고 들어봤지? 그게 인체로 들어가면 대상포진이나 칸디다증을 일으킬 수 있어. 나중에 한다고 미뤄두면 절대로 안 된다니까! 참, 칸디다증은……. 성준은 가방까지 들고 섰다가도 다시 들어가 빨래를 널었다. 옆에 없는데도 은비가 할 법한 잔소리를 따르는 게 말이 되지 않긴 했으나 종일 시달리지 않으려면 어쩔 수 없었다. 그대로 집을 나섰다간 길을 가는 와중에도, 도서관에서도 은비 목소리가 계속 울릴 게 뻔했다. 심지어 이런 소리도 들렸을 거였다. 섬유유연제 중에 실내 건조용으로 나온 걸 써보든지. 물론 향은 플로럴 계열보다는 프레시가 나아. 나 들쩍지근한 향 싫어하는 거 알지? 아무튼 그거라도 꼭 넣어. 그거라도 꼭……. 그거라도……. 은비 목소리는 메아리처럼 사그라드는가 싶다가도 예상치 못한 순간에 다시 도두들리곤 했다.

그러므로 성준은 차휘랑의 건조기를 보는 순간, 스스로 어이없어하면서도 감동하지 않을 수 없었다. 이거다, 싶은 예감이 팍 들었다. 게다가 이유 없이 진중해 보이는 차휘랑의 수첩이 은비의 수다로 고통받은 자신을 위로하는 일종의 계시처럼 여겨졌다.

이삿짐을 옮긴 날 저녁, 성준은 석사과정을 밟고 있다는 김민수, 그리고 졸업을 앞두고서 취업을 준비하고 있다는 한별과 인사를 나누었다. 그들이 차휘랑의 하숙집에서 일 년 가까이 살고 있다는 말을 듣고서야 성준은 마지막까지도 살짝 찝찝했던 마음을 내려놓았다. 성준보다 한두 살 어린 김민수와 한별은 차휘랑이 청소며 요리며 얼마나 딱 부러지게 해내는지 모른다며 이구동성으로 칭찬했다.

할머니 상 치른 후에 제 방을 다용도실로 옮기고는 방 세 개를 세놓아 그걸로 생활비를 벌어요. 어린데 보통 야무진 게 아니에요.

차휘랑이 한식 조리사 자격증 있는 건 아시죠? 요즘은 양식 조리사 자격증도 따려고 도전 중이래요. 실습하듯 음식을 만드는데, 꽤 먹을 만하다니까요?

두 사람 모두 집주인의 인상쯤은 전혀 신경 쓸 게 없다는 듯한 투였다. 그래도 성준은 차휘랑이 묵언수행이라도 하는 사람처럼 입을 닫은 이유를 물어보지 않을 수 없었다.

사람들이랑 말하기를 싫어하나?

그런 거 절대로 아니에요. 무뚝뚝해 보여서 그렇지, 속정이 얼마나 깊은데요.

그럼 혹시 돌발성 난청 같은 건가? 군대 동기도 그런 게 생겨서 최대한 소음을 줄이느라고 귀마개 하고 다니고, 말도 안 하고 그런 적 있거든.

아뇨. 그냥 가끔 그러는데, 그러다 마니까 신경 쓰지 마세요.

성준은 두 사람이 이유를 알고 있는데도 제대로 말해주기를 꺼린다는 느낌을 받았다. 그러나 뭐, 차휘랑이 말을 하지 않는 게 오히려 반가웠으므로 더 따지고 묻지 않았다. 돌연 은비의 목소리가 들린 건 그때였다. 도대체 왜 말을 안 하는 거야? 삶이 말하게 하라, 말할 수 없는 것은 침묵하라, 뭐 그런 거야? 다 말장난이지. 시인이나 철학자가 하는 소리를 문자 그대로 받아들이면 안 되잖아. 안 그래, 오빠? 성준은 물과 세제와 빨래가 뒤범벅된 상태로 작동이 멈춰 버린 세탁기를 마주한 느낌이었다. 원룸을 떠났건만, 이사까지 왔건만 아직도……. 사실 성준은, 은비가 여행을 떠나자마자 목소리 들리는 게 더 잦아져서 정신과를 찾기도 했다. 그러나 스트레스성일 뿐이지 조현병이나 조울증 증세는 아니라는 소견을 들었다. 은비의 형상이 사라졌어도 말은 요지부동으로 존재감을 과시하고 있는 거라고 해석할 수밖에 없었다. 은비는 성준이 헤어지자고 말하기 전에도, 또 말한 후에도 왜 입을 닫고 있느냐고, 왜 마음을 드러내지 않느냐고 주야장천 물었다. 성준은 자기라도 말을 안 해야 덜 시끄러울 거 같다고는 하지 않았다. 그렇게 말해 봐야, 은비가 자기가 도대체 언제 그렇게 시끄럽게 했느냐, 말을 하지 않으면 관심을 어떻게 표현할 수 있느냐, 말을 하는 게 다 사랑해서 그런 거 아니겠냐, 툴툴대며 더 많은 말을 쏟아낼 게 뻔해서였다.

성준은 은비의 말을 털어내기라도 하려는 듯 어깨를 움찔거렸다. 은비가 돌아오기 전에 이사를 한 건 최소한의 대비책이었는데 어쨌거나 잘한 일 같았다.

다음 날 집을 나서는 성준에게 차휘랑이 다가와 비로소 입을 열었다.

당부할 건 딱 하나뿐이요. 제날짜에 하숙비 입금하소. 그게 제일 중요하요.

옷차림, 태도 등과 크게 다르지 않게 괴벽스러운 말투였다. 차휘랑은 성준이 의아하게 여길 걸 이미 예상했다는 듯, 그런 질문을 수도 없이 들었다는 듯 내처 말했다.

내 말투가 할머니 말투요. 오래 같이 살던 할머니가 이 집을 물려주고 돌아가셨소.

자기가 어리긴 해도 집주인이니만큼 함부로 막 대할 생각 같은 건 꿈도 꾸지 말라는 듯 근엄한 표정이었다. 다가올 결전에 대비해 칼을 차고 앉은 채로 밤을 새웠다는 조선 시대 어느 장수의 기상 같은 게 느껴질 정도였다. 성준은 차휘랑을 다시 한번 유심히 보았다. 아무리 설늙은이처럼 굴어도 기껏 해야 이십 대 초반의 청년에 불과했다. 인적이 드문 깊은 산골에서 나고 자라 대화라고는 산새나 들꽃과 나눈 게 전부인 듯한, 고독한 젊은이의 얼굴이 설핏 스쳐 지나갔다. 그러나 은비는 성준이 어설프게 동정심을 보이는 게 못마땅한 모양이었다. 비꼴 때 잘 그러듯 꼬챙이처럼 앙상한 소리를 냈다. 사람이 다 팔자대로 사는 거지, 뭐. 자기 운명, 자기가 알아서 감당하며 살 텐데 안쓰럽게 여길 게 뭐 있어? 오빠는 그게 탈이야. 너무 심약하고 정이 많아. 저 사람은 나이 어린데 집도 있지, 하숙 쳐서 생활비도 벌지. 말투나 행동쯤 노인네 같으면 뭐 어때? 나라면……. 성준은 은비 목소리가 차휘랑에게 들리기라도 하는 것 같아 안절부절못했다. 마침 차휘랑이 묵묵히 종이 몇 장을 내밀었으므로 성준은 겨우 목소리에서 놓여났다. 인쇄된 게 아니라 직접 적은 걸 복사한 듯한 종이에 '안내'라는 제목을 달고 세부 사항이 촘촘히 적혀 있었다.

우리 집에서 꼭 지켜야 할 것들이요. 잘 읽어보소.

성준은 네, 했으나 건성으로 살폈다. 얼핏 봐도 다 아는 내용이었다. 하루 두 번 창문 열어 환기, 한 달에 한 번 대청소, 야간 샤워 금지 등, 다른 데서 살 때도 그런 안내문은 무수히 받은 적 있었다. 대개 휴대전화기 문자나 이메일을 통해서였는데, 특별한 경우에 엘리베이터 안이나 현관문에 공고문이

붙어 있기는 했다. 물론 그런 것조차 인쇄체가 아니긴 드물었다. 저런 걸 손으로 적고 복사해서 주는 사람도 있구나. 아, 글씨 진짜 촌스럽다. 아무래도……. 다시 은비 목소리가 들리기 시작했으므로 성준은 읽어보겠다고 하고는 서둘러 집을 나섰다. 대수롭잖게 보인 그 안내문에 몹시 기묘한 항목도 함께 들어 있다는 걸 알게 된 건 한참 후의 일이었다.

그 주 일요일 저녁, 하숙생들이 처음으로 식사를 함께하게 되었다. 차휘랑이 전문 식당에서나 먹을 법한 아귀찜을 내놓자, 제 방에 술을 궤짝째 사두고 있다는 한별이 소주 몇 병을 들고나왔다. 요리한 당사자며 요리된 음식을 칭찬하는 말들이 두루 오가던 참인데, 차휘랑이 돌연 소리를 높였다.

민수 씨, 그리 숟가락 젓가락을 한꺼번에 쥐면 복 나가요. 그라지 말라고 몇 번이나 말했잖소.

차휘랑의 지적을 받은 김민수가 흠칫 놀라는가 싶더니 급히 왼손으로 숟가락을 잡아 테이블에 내려놓았다. 성준은, 네가 뭔데 참견이냐고 하기보다 몹시 당황한 채로 차휘랑의 지시에 따르는 김민수를 어리둥절 바라보았다. 환경과학과를 조기 졸업하고 석사과정씩이나 밟고 있다는 이가 소소한 장난을 치다가 담임에게 혼이 난 초등학생처럼 굴다니……. 살면서 단 한 번도 충동 조절에 실패하지 않았을 성싶게 차분하고 성숙해 보였는데, 차휘랑 한마디에 어찌 저럴 수 있을까 싶었다. 그렇지. 숟가락 젓가락, 같이 쥐면 복 나간다는 말 나도 들은 적 있어. 그런데 김민수, 되게 웃기네. 저게 볼까지 빨개질 일이야? 나잇값을 못 하는 건가? 도대체 왜 저러는 거야? 성준은 은비가 재깔거리는 것도 크게 의식하지 못한 채 정말로 볼이 빨갛게 달아오른 김민수와 노기를 띤 차휘랑을 번갈아 보았다. 이게 무슨 황당한 일인가 싶어 한별과 눈을 맞추려던 성준은 다시 한번 놀라지 않을 수 없었다. 식탁 아래로 내내 다리를 떨고 있던 한별이 동작을 딱 멈추었기 때문이었다. 한별은 차휘랑에게 한 소리 듣기 전에 그만두어 다행이라는 듯한, 장난을 치긴 했으나 담임에게 걸리지는 않아 안도한 듯한 초등학생의 표정을 하고 있었다. 안 그래도 성준은 한별에게 꽤 좋지 않은 버릇이 있구나, 아까부터 생각하던 참이었다. 그러나 콩나물을 질겅질겅 씹으면서 씹는 리듬에 박자를 맞추기라도 하듯 다리를 떨던 한별이 지금은 시치미를 뚝 뗀 채 무릎까지 가지런히 모으고 있었다.

와, 별일이다, 별일이야. 이 사람들 지금 차휘랑 눈치 보는 거지? 이건 뭐 바넘 효과 같은 건가? 오빠도 알지, 마술사 바넘. 사람들이 그저 자신이 믿고 싶은 걸 믿었을 뿐인데도 그걸 바넘이 신통력을 발휘한 거라고 여겼다잖아. 저 사람들 아무래도 차휘랑을……. 성준은 오랜만에 은비 목소리에 동조하고 싶은 기분이었다. 아무리 집주인이라 해도, 제아무리 식사를 제공했다고 해도, 차휘랑이 밥 먹는 습관까지 참견할 수는 없는 일 아닌가? 성준은 어이가 없었다. 그러나 김민수나 한별이 가만히 있는 다음에야 자기야말로 무어라 참견할 입장은 아니라고 여겼다. 다행히 머쓱한 분위기는 맛깔스러운 아귀찜의 위력으로 서서히 사라졌다.

이후로 성준은 차휘랑의 데퉁맞은 잔소리가 아무 데서나 툭툭 터지곤 하는 걸 더 자주 목격했다.

거, 집 거미는 죽이는 거 아니랬잖소. 큰일 나요, 큰일 나.

한별이 거실에서 텔레비전을 보다가 유리 테이블 아래에 있던 거미를 잡은 모양이었다. 성준도 테이블 상판 모서리에 자리를 잡으려던 다리 긴 거미를 본 적 있었다. 지나치게 재빨라 그런 이름을 얻은 게 아닌가 싶은 유령거미는 그때도 한별의 손에 죽었다. "거미가 아무리 해로운 곤충이 아니라고 해도, 자는 동안 내 입에 떨어질 수도 있다고 생각하면 섬뜩해요." 한별은 생에서 마지막으로 넘어야 할 산이 무언지 잘 알고 있으나 아직은 때가 되지 않았다는 듯 체념한 표정으로 거미를 싼 티슈를 꾹 눌렀었다.

성준은 곧, 차휘랑이 하는 말들이 단순한 잔소리가 아니라 고리타분한 금기와 관련 있다는 걸 알았다. 백 일 동안 자기

소변으로 눈을 씻으면 눈이 밝고 선명해진다거나 탯줄을 다른 사람의 이로 자르면 그 아이가 장래 건강하고 지혜가 있다거나 하는 식의, 언젠가 성준이 인터넷 기사로 읽은 적 있을 뿐인 허무맹랑한 미신에서 비롯된 것들이었다.

에그, 문지방 밟으면 복 나가요. 제발 좀 신경 써서 넘어 다니소.

밤에 휘파람 불지 말라고 했소, 안 했소? 뱀 나오요, 뱀 나와.

상대적으로 어려서인가 한별이 가장 자주 지적을 받았고, 때때로 김민수도 걸려들었다. 사실 한별은 밤뿐만 아니라 낮에도 휘파람을 잘 불었다. 불안증에서 비롯되었을 습관으로 다리를 떠는 것처럼 휘파람 부는 것도 습관인 듯했다. 이해하기 어려운 건, 김민수와 한별이 차휘랑의 잔소리를 묵묵히 견딜 뿐만 아니라 적극적으로 개선하려고 노력하기도 한다는 점이었다. 가령 한별은 다리 떠는 걸 차휘랑이 볼 때만 그만두려고 하지 않았다. 거실에서 차를 마시다가도 문득 떠는 걸 의식하곤 저 스스로 제 다리를 누르곤 했다. 다리를 누르는 게 아니라 생의 나쁜 결과를 향해 치달으려는 제 존재 자체를 누르는 표정이었다. 김민수도 크게 다르지 않았다. 한번은 길에서 만 원을 주웠다며 치킨을 사서 들고 오더니 "공돈은 곧장 써버려야 해. 아무렴 도깨비 돈은 도깨비처럼 써야지." 하며 허둥지둥 포장을 풀었다. 차휘랑이 그리하라고 일러준 게 틀림없어 보였다. 성준은 소위 고등 교육을 받은 사람들이 고릿적 미신에서 벗어나지 못한 차휘랑의 말에 놀아나다니, 그야말로 지나가던 소가 웃을 일이라고 여겼다. 실은 은비가 그렇게 말하며 한참을 비아냥거렸다.

성준은 다소 신경이 쓰였으나 잔소리가 제게 쏟아지지는 않았으므로 묵묵히 있었다. 기실 성준의 생활 태도 중 딱히 차휘랑의 심기를 거스르는 게 없기도 했다. 성준은 누가 시키지 않았어도 가위를 벌린 채로 두지 않았고 밤에 손톱이든 발톱이든 깎지 않았다. 물론 성준이 일부러 하지 않는 여러 일은 금기에서 기인했다기보다 합리적 사고에 기인한 거였다. 그러던 성준마저 차휘랑으로부터 쓴소리를 들은 건 종일 비가 내린 어느 날이었다. 몸 상태가 좋지 않아 도서관에서 일찍 돌아온 성준이 방에 우산을 펴 놓았을 때였다. 차휘랑이 지나가다 열린 문틈으로 그걸 보고서는 돌연 불뚝성을 내며 외쳤다.

와 이라요. 이리 우산을 펴 놓으면 가난살이 못 면하요. 얼른 접으소.

오래가는 배터리처럼 좀체 닳지 않는 참을성을 장착한 성준이었으나 몸이 좋지 않아서인지 그냥 넘기기가 어려웠다.

차휘랑 씨, 내가 내 방에서 우산을 펴든 접든 무슨 상관입니까?

차휘랑은 진지했다.

가난 구제는 임금님도 못 한다는 말 못 들어봤소? 실내서 우산을 펴 놓으면 돈이 줄줄 새요.

성준이 무슨 말을 꺼내기도 전에 은비가 나섰다. 차휘랑 말이 맞아, 오빠. 방에 우산 펴 놓으면 방이 더 꿉꿉해지잖아. 그냥 현관에 둬. 우산꽂이도 저기 딱 있네. 도대체 오빠는 왜 굳이 지금 우산을 말리려는 거야? 오빠 방에 물 뚝뚝 떨어지는 게 좋아? 그게 왜 좋아? 이렇게……. 은비 소리가 귓가에 쟁쟁 울리는 바람에 성준은 더 참을 수 없는 기분이 되었다.

내 방에서 내가 춤을 추건 뜀을 뛰건 간섭하지 않았으면 좋겠는데요.

너부데데하고 까마무트름한 차휘랑의 얼굴이 돌연 샐쭉해지나 싶더니 거의 화사해졌다고 할 만큼 환해졌다. 누군가를 비난할 자격은 두루 갖추었으되 그걸 펼치기는 어려웠던 자가 간만에 기회를 포착하고서 기뻐하는 얼굴이랄까. 차휘랑이 죽비를 들고서 내려칠 기세인 스님처럼 감때사납게 말했다.

안내서에 다 적혀 있지 않소. 지키기 싫으면 당장 나가소.

성준은 멈칫했다. 안내서? 맞아, 오빠. 그런 게 있었잖아. 빨리 찾아봐. 은비 말마따나 나설 때는 굼뜨고 물러날 때는 재빠른 성준이었다.

몸이 좀 좋지 않아요. 나중에 얘기합시다.

성준은 버티고 선 차휘랑을 가까스로 밀어낸 후 방문을 닫고는 곧바로 서류를 찾았다. 다시 봐도 촌스럽기 그지없는 필체로 적힌 '안내' 윗부분에 굵은 글씨로 강조한 문장이 눈에 띄었다. "아래 사항을 위반할 경우, 집주인의 판단에 따라 퇴거 조치할 수 있습니다." 성준은 곧 몇 개를 제외한 항목 대부분이, 평화롭게 살기 위해 평범한 하숙집에서 내놓을 법한 지침 같은 게 아니라는 사실을 깨달았다. '안내'는 흔히 미신이라 부를 만한 잡다한 금기 사항으로 가득 차 있었다. 뻔뻔한 사생활 침해가 명백한 '밥 먹고 바로 눕지 않기(바로 누우면 소 된다)'라는 항목부터 건조기에 대한 성준의 호감을 단번에 망가뜨리는 '명절에 빨래하지 않기(평생 빨래할 팔자)' 같은 항목까지가 괄호 속 황망한 설명과 더불어 나열되어 있었다. 성준은 그제야 차휘랑의 거실 오른쪽 천장에 어째서 붉은 꽃이 그려진 엽서가 생뚱맞게 매달려 있는지도 이해했다. '동남향에 붉은 소품 달기(부귀영화를 부름)'라는 사항과 관련된 게 분명했다. 성준은 실컷 건조기를 돌렸는데도 여전히 축축한 옷들을 마주한 기분이었다. 알고 보니 그저 탈수기 수준에 불과한 부실한 건조기……. 대상포진이나 칸디다증에 걸리기라도 한 것처럼 몸 여기저기가 따갑고 가려웠다. 은비의 통쾌해하는 웃음소리가 성준의 방을 가득 메웠다.

며칠 후 차휘랑에게 걸린 건 김민수였다. 김민수가 집을 나서면서 제 방 쓰레기를 버리려는데 차휘랑이 극구 말렸다.

글쎄. 뒀다가 저녁에 버려요. 아침에 버리면 부정 탄다잖소.

냄새나서 그래요. 집에 버리는 게 그러면, 가지고 나가서라도 버릴게요.

하지만 차휘랑은 완강했다.

내가 민수 씨 위해 이러는 거잖소. 제발 말 좀 들어요.

차휘랑은 김민수의 손에 든 봉투를 강제로 뺏다시피 해 방에 도로 넣었고, 김민수는 어쩔 수 없다는 듯 그대로 집을 나섰다. 성준은 김민수의 뒤통수를 보며 멀찍이 떨어져 걸었다. 도무지 지성의 전당에 오래 머무른 자의 뒷모습으로 보이지 않았다. 은비는 기회를 놓치지 않았다. 오빠, 나 피해서 도망간 차휘랑네 하숙집, 아무래도 잘못 간 듯. 여우 피하려다 호랑이 만난 격이잖아. 그나저나 한별이나 김민수는 어찌 견디고 있는 거야? 학교 주변이라 별별 하숙집 주인들이 다 있기 마련이지만, 차휘랑은 진짜 괴짜인 듯. 안 그래? 도대체……. 은비는 기왕 말이 나왔으니 본격적으로 따져보겠다는 듯 조잘거리고 있었다. 견디다 못한 성준은 도서관에 가방을 놓자마자 김민수에게 문자를 보냈다. '잠시 커피 한잔할래?'

성준과 김민수는 중앙도서관과 대학원 도서관의 중간 즈

음에 있는 커피숍에서 만났다. 성준은 상식적인 얘기니만큼 뜸 들일 필요가 없다고 생각했다.

차휘랑 씨가 사사건건 간섭하는 거 나는 좀 불편한데…….

그러나 김민수의 반응은 의외였다.

그런데 형, 그게 다 틀린 말은 아니에요.

하지만 요즘 그런 미신을 믿는 사람이 어디 있어? 그리고 그걸 왜 하숙생이 지켜야 해?

차휘랑의 하숙집 입주 조건이잖아요.

김민수가 예의 '안내'를 들먹이더니 얼마간 난감한 얼굴로 성준 이전에 그 방에 살던 사람 이야기를 꺼냈다. 자기처럼 대학원에서 석사과정을 밟던 사람이었는데 어느 날 밤늦게 머리를 감았다고 했다. 일찍 잠드는 편인 차휘랑이 어찌 그 소리를 들었는지 방에서 뛰어나와 욕실 문을 두드려댔다. "한밤중에 머리 감으면 안 된다고요. 제발 그라지 마소." 차휘랑은 필사적이었다. 그러나 전 세입자도 성준처럼 차휘랑의 '안내'에 반감이 있어 들은 체도 하지 않았다.

그런데 이틀 후에 그 친구, 부고를 받았다니까요? 자정에 머리를 감으면 부모나 가까운 사람이 돌아가신다는 말 그대로……. 아버지가 갑자기 뇌출혈로 쓰러졌다는데 소름이 쫙 돋는 게……. 그 친구, 상 치르고 돌아와서 바로 방 빼고 나갔어요.

김민수는 말을 미치고서 부자연스럽게 테이블을 두어 번 두드렸다. 성준은 그게 재수 없는 소리를 했거나 들었을 때 침을 뱉거나 한쪽 발로 뛰거나 하는 행위와 같으리라 짐작했다.

성준이 한별에게 들은 소리는 조금 더 한심했다. 술 좋아하는 한별이 비가 와서 술 생각이 간절하다며 먼저 청한 자리였다. 성준이 보기에 한별은 진정한 낭만파며 기분파라서가 아니라 그렇게 보이고 싶어 고의로 들뜬 척을 하기도 하는, 그래서 오히려 나름 순박해 보이기도 하는 청년이었다. 그런데 한별은 김민수처럼 그저 무시할 순 없어요, 정도에서 그치지 않았다.

차휘랑이 그러는 거예요. 통신비건 카드대금이건 결제일을 매달 1일로 하지 말라고요. 처음엔 안 믿었는데, 좋은 게 좋지 싶었어요. 원래 1일에 내던 걸 21일로 싹 다 바꿨는데 어떤 일이 일어났는지 아세요? 제가 비트코인을 좀 하거든요. 갑자기 스무 배가 뛰었어요, 스무 배가.

한별은 정말 굉장했었다며 아쉬운 듯 덧붙였다.

그때 바로 뺐으면 되는데……. 암튼 차휘랑이 머스크 형님보다 나았다니까요, 진짜.

성준은 자기가 한별을 잘못 보았다고 여겼다. 이쯤 되면 순박한 게 아니라 천박하고 경솔하지 않은가……. 그런데 한별은 도리어, 자신을 미심쩍게 바라보는 성준을 미심쩍다는 듯 바라보며 말했다.

형, 여기 들어온 거 다행으로 여기셔야 할걸요? 차휘랑이 사주, 관상 그런 것도 보는데 아무나 하숙생으로 받지는 않거든요.

성준은 부동산 계약 때 차휘랑이 자신의 생년월일을 확인했던 게 떠올랐다. 기가 막혔다. 기업 채용 때 사주나 관상을 보는 면접관을 따로 두기도 한다는 황당한 기사를 접한 적 있었으나 하숙집에서 그런 일이 일어나다니……. 이어지는 한별의 이야기는 더 가관이었다. 제가 삼 년 내내 짝사랑하던 같은 과 선배랑 마침내 사귀게 된 것도 다 차휘랑의 '안내' 덕이라는 거였다.

그 누나가 맨날 동생 취급만 하고 도무지 남자로 보지 않는 거예요. 약이 바짝 올라서 동동거리다가 '안내' 마지막 장 아시죠? 왜, 당구장 기호 있고 부록처럼 달린……. 거기 적힌 거 보고 그대로 했는데 바로 해결이 됐지 뭐예요.

마지막 장이라니, 성준은 가물가물했다. 우산을 펴 놓은 걸로 차휘랑과 실랑이를 한 날 성준은 '안내'를 읽긴 했으나 끝까지 보지 않았다. 몇 줄 읽다가 도대체 무슨 귀신 씻나락 까먹는 소리를 늘어놓나 싶어 그냥 휙 넘겨버린 부분인 모양이었다.

그게 뭔데?

나중에 찾아보세요. 아무튼 차휘랑이 알려준 대로 해서 누나랑 바로 진도 나갈 수 있었다니까요. 그날 잤어요, 우리.

한별이 하는 말은 황당무계한 수준을 넘어서고 있었다. 무당도 아니고 점쟁이도 아니고, 도대체 한별은 차휘랑을 어떤 사람으로까지 여기고 있는 걸까 싶었다. 그 자리에 은비가 끼지 않을 리 없었다. 바넘 효과 운운할 때와는 태도가 달랐다. 어머나, 세상에! 차휘랑의 '안내'에 그런 게 있었어? 오빠, 그거 제대로 다시 읽어야겠다. 우리도 요즘 좀 그렇잖아. 연애의 기술, 사랑의 기술, 그런 거 우리도 필요하잖아. 나 아무리 생각해도 오빠가 헤어지자는 이유를 모르겠어. 정말이지……. 성준은 진저리를 치며 술잔을 급히 비웠다. 그러나 한편으로 한별이 차휘랑의 비법 같은 것을 믿을 정도로 누군가와 맺어지기를 간절히 원했다는 게 부러웠다. 누군가와 헤어지는 비법 같은 건 없으려나……. 성준은 은비가 그리스에서 돌아오기로 한 날짜가 다가오고 있다는 걸 의식하지 않을 수 없었다. 급격히 우울해졌다.

성준이 저도 모르게 제 잔에 술을 따르는데 한별이 기겁을 하며 말했다.

형, 자작 금지인데! 앞에 앉은 사람이 재수 옴 붙는다고요.

일어서서 침을 뱉고 깨금발 뛰기라도 할 기세인 한별이 곧 손가락으로 성준의 잔을 세 번 두드렸다. 톡톡톡. 성준은 삼대가 재수 없다잖아요, 하고는 히죽 웃는 한별을 멍하니 바라보았다.

성준은 한별도 김민수도 이성적인 사고에서 한참 벗어난 게 분명하다고 여겼다. 두 사람 모두 겉으로 멀쩡해 보여도 어쩌면 인생을 정면으로 대면할 자신이 없거나 내적 불안으로 무엇에든 의지하지 않을 수 없어서 그러는 거라고도 생각했다. 그러나 곧, 은비 목소리가 들리자, 즉 은비 문제를 해결하지 못하고 있다는 자각이 일자 자신도 그들과 크게 다르지 않다고 자조하지 않을 수 없었다.

그러므로 며칠 후 다시금 입에 자물쇠를 채운 차휘랑을 마주했을 때, 성준은 이전과 조금 다른 시선으로 차휘랑을 보게 되었다. 은비 말마따나 미신에 사로잡혀 그러는 거든, 교육을 제대로 받지 못해 그러는 거든, 차휘랑이 당당하게 두려움 없이 자신이 주도한 길을 가는 것만은 분명해 보였다. 무엇보다 주기적으로 입을 닫는 건 보통 강단 있는 처사가 아닌 듯했다. '닭볶음탕 했소. 한번 세게 끓여야 하니 잠시 기다리소.' 성준은 차휘랑이 내민 수첩 속 글자를 한 자, 한 자 찬찬히 보았다. 글씨는 여전히 조악했으나 한별이나 김민수 말대로 차휘랑의 속정이, 어쩌면 속정을 넘어서는 깊은 속내가 느껴지는 것도 같았다. 물론 은비는 그런 걸 전혀 느끼지 못하는 모양이었다. 닭볶음탕도 술안주잖아. 식당이 아니라 술집을 차리려는 건가? 설마 바로 개업하려는 건 아니겠지? 요즘 같은 불경기에 식당이든 술집이든 선불리 덤볐다가 망하면 큰일이지. 참, 오빠 그거 알아? 우리나라 취업자 중 자영업자 비율이 다른 나라에 비해 월등히 높대. OECD 국가 평균이 십오 퍼센트 정도인데 우리는 거의 이십오 퍼센트에 육박한다더라고. 안전하게 가려면 월급 받고 일하는 요리사로 출발하는 게 나을 텐데, 사실 자격증만 있으면 뭐……. 이전보다 더 생생하게 은비 목소리가 울리는 거로 보아 은비가 귀국한 게 분명했다. 사실 성준은 매일 날짜를 짚어 보고 있었다. 가까스로 몸에 난 구멍을 덮었던 얇은 막 같은 게 도로 찢어지면서 그 사이로 포악한 바람이 휘돌아다니는 것 같았다. 문자 차단한 걸 풀면 은비가 어쩌고 있는지를 금방이라도 알 수 있었으나 그러고 싶지 않았다. 그간 옴팡지게 몸을 도사리고 있던 문자가 그야말로 지구만큼 둥그렇게 부풀었다가 터지며 오물처럼 제 머리 위로 쏟아질 것 같았기 때문이다.

아니, 이미 오물을 뒤집어쓴 기분이었다. 우울해서 죽을 것 같았다. 그러므로 성준은 차휘랑이 가스레인지 불을 끄고는 알아서 먹으라는 눈짓을 보냈을 때, 절실한 마음으로 물어보지 않을 수 없었다.

그런데 차휘랑 씨, 오늘은 왜 또 말을 안 하는 겁니까?

차휘랑이 늙은이처럼 허어, 헛기침을 하더니 수첩에 무언가를 쓰기 시작했다. '내 사주에 상관이 많아 입조심 필수요. 오늘은 오행이 공격을 해서 그 상관이 깨지는 날이라 특히 더.' 성준은 사주고 오행이고를 떠나서 차휘랑의 침묵을 거의 찬양하고 싶은 기분이었다. 차휘랑이 잠시 그윽하게 성준을 바라보나 싶더니 다시 몇 글자를 적어 내밀었다. '이성준 씨, 기묘 일주. 기가 몹시 허하니, 잘 먹어야 하오. 많이 드소.' 성준은 순간적으로 울컥, 했다. 기묘 일주인지 뭔지는 몰라도 기가 허하다는 말은 딱 맞지 싶었다. 그러니 도무지 은비를 벗어나지 못하는 거겠지……. 성준은 말을 아끼려는 듯 급히 뒤돌아서는 차휘랑을 보며 수저를 들었다. 차휘랑의 닭볶음탕은 성준이 여태 먹어 본 닭볶음탕 중 최고였다.

방으로 돌아온 성준은 조용히 '안내' 마지막 장을 들춰보았다. 별첨으로 붙은 그 종이에는 엉뚱하게도 '연애를 위한 특별 안내'라는 제목이 적혀 있었다. 연애 한 번 해 본 적 없을 것 같은 차휘랑이 안내할 사항은 아닌 것 같았으나 성준은 꼼꼼히 읽었다. 애정운을 상승시키는 선물, 가구 배치, 태도……. 그러나 실망스럽게도 차휘랑의 안내에는 좋은 내용만 나와 있었다. 연인을 떠나가게 하는 비법 같은 건, 하다못해 항간에 떠도는 닭 날개나 신발 선물에 관한 것마저도 일절

나와 있지 않았다. 기다렸다는 듯 은비의 잔소리가 폭우처럼 쏟아졌다.

결국 은비가 모습을 드러냈다. 은비는 성준이 은밀히 바라기도 했던 돌발성 난청이나 성대결절이 생기지도 않은 채 건강한 모습으로, 성준을 어렵잖게 찾아내기까지 했다. 사실 집을 옮겼어도 공부할 만한 곳이 뻔하긴 했다. 성준이 한참 '토의식 수업 활성화 방안'에 관한 교육학 기출문제를 다시 정리하고 있었을 때였다. "지식은 개인이 혼자 만드는 게 아니잖아. 비고츠키의 지식론 인용하고 스타인호프와 오웬스 분류도 언급해야지." 은비 목소리를 듣고도 성준은 은비가 실물로 나타난 거라고 바로 깨닫지 못했다. 그러나 곧, 귀 뒤와 어깨 부근에 무시할 수 없는 숨결이 느껴졌으므로 소스라치게 놀라 일어섰다.

잘 지냈어? 나 왔어.

은비는 미세 먼지 가득한 서울보다야, 아마도 일부러 드러내고 싶어 그랬을 텐데, 에게해의 어느 섬에서나 어울릴 법한 하얀 원피스 차림이었다. 성준은 도서관이라는 점을 상기하고는 허둥지둥 밖으로 나갔다. 사각거리는 연필 소리, 책장 넘기는 소리조차 조심해야 하는 공간에서 언성을 높이기라도 하면 난감하리라 싶었다. 그러나 정작 은비 앞에 서자 성준은 언제나처럼 말문이 막혔다. 다른 사람에게는 제법 할 말도 하는데 어째서 유독 은비에게만 그러지 못하는지 스스로도 납득할 수가 없었다.

오빠가 왜 헤어지려고 하는지 이유를 알아냈어.

은비는 뜻밖에도 자신만만한 얼굴이었다. 성준은 그제야 자신이 뚜렷이, 제대로 이유를 밝힌 적이 거의 없었다는 데에 생각이 미쳤다. 성준은 늘 두루뭉술하게 둘러댔다. 가능하면 은비를 덜 자극하리라 생각한, 아마도 얼마쯤은 상처를 덜 주리라 착각한 방식으로. "그냥, 좀 지친 것 같아. 공부에 집중도 해야 하고, 모든 게 불확실하잖아. 내가 모자라서……." 사실 성준은 은비 이전에 다른 여자를 깊이 사귀어 본 일이 없었다. 워낙 수줍음을 타는 편이라 은비가 먼저 적극적으로 성준에게 다가오지 않았더라면 연애 자체가 불가능했을 거였다. 성준은 자기처럼 주변머리 없는 사람을 사랑해 준, 아마도 나름의 방식으로 자신을 사랑한 게 틀림없었을 은비에게 차마 모진 말을 던질 수가 없었다.

오빠가 나한테 미안해서 헤어지려는 거 알아. 오빠는 좋은 사람이야. 내가 다 이해할게. 이번에 또 시험 안 된다고 해도 걱정할 거 없어. 내가 오빠 얼마나 사랑하는지 알지? 난 아직 여유도 있고…….

성준은 또다시 은비의 말 무덤에 묻히고 싶지 않았다. 그게 아니라고, 그게 아니라 네가 하는 말들을 더는 참을 수가 없다고, 그래서 사랑하지 않는 정도가 아니라 거의 증오하고 있다고도 말해야 하는데……. 그러나 성준은 입술만 달싹일 뿐 끝내 아무 말도 하지 못했다.

오빠, 이사했더라? 왜 이사했어? 내 기억이 나서 괴로워서? 그럴 필요 없는데……. 어쨌거나 나는 마음 다 풀었어. 오빠도 얼른 내 문자 차단한 거 풀어. 내일 오빠네 새집 구경 가자. 그런데 어디로 간 거야? 학교 더 가까이? 오빠, 우리…….

은비는 원 없이, 그야말로 말 못 해 죽은 귀신이 들러붙기라도 한 듯 끝도 없이 줄줄 무언가를 이야기하다가, 아직 여독이 풀리지 않았으니 아쉽지만 내일 다시 이야기하자며 겨우 떠났다. 성준이 차단한 문자 푸는 걸 끝까지 지켜보고서였다. 천천히 꼭 다 읽어봐, 오빠. 천천히 꼭……. 꼭……. 해악질할 대상을 오래 찾아 헤매던 사악한 무리가 드디어 만만한 상대, 즉 성준을 발견하고는 입술을 실그러뜨린 채 웃는 것만 같았다. 성준은 은비와 어떻게 인사를 나누고 다시 자리로 왔는지 거의 기억나지 않았다. 분명한 건, 참을성도 은근도 끈기도 무궁화 따위도 제발 제 인생에서 사라져 줬으면 좋겠다고 간절히 바랐다는 것뿐이었다.

모든 게 은비가 여행을 떠나기 전 상태로 돌아왔다. 은비가 조용한 건 도서관 안에서뿐이었으나, 그마저도 자주 쪽지 같은 걸 보내 성준을 산만하게 만드는 걸 소홀히 하지 않았다. 성준은 자기가 그래도 결단력 있게 행한, 거의 구원에 가까운 유일한 일이 이사라고 생각하며 갖은 핑계를 대고는 집으로 도망치곤 했다. 은비가 하숙집까지 따라오지 못한 건, 집주인이 워낙 까다로워 친구를 데려오지 못하게 하며, 특히 여자 친구를 데려오면 곧장 퇴실이라 못 박았다고 둘러댔기 때문이었다. 은비는 요즘 세상에 그런 하숙집이 어디 있냐며 당장 옮기라고 졸라대다가, 성준이 몸도 좋지 않은데 건강관리를 위해서라도 차휘랑의 하숙집만 한 곳이 없으며 시험도 임박했으니 새삼 정신을 흐트러뜨리고 싶지도 않다고 애원하자 마지못한 듯 수긍을 하기는 했다. 성준은 실제로 몸이 좋지 않았다. 매운 걸 먹고도 물 한 잔 마시지 못했을 때처럼 입이 텁텁했고, 팔다리는 죽은 지 한참 지난 주꾸미처럼 늘어졌다.

십일월인데 때 이르게 고추바람이 불어닥친 날이었다. 김민수는 종합시험을, 한별은 직장 면접을, 성준은 임용고시를 그야말로 코앞에 두고 있었으므로 다들 얼마간 초조한 상태였다. 차휘랑이 김치전이며 해물탕을 해두었으므로 자연스레 술 한잔 생각이 나지 않을 수 없었다. 한별이 그간 제 방에 비축한 술이 떨어졌는지 편의점까지 나가 소주 여러 병을 사왔다.

와, 기가 막힌 맛이다.

차휘랑 솜씨야, 뭐. 그런데 어디 나갔나 보네?

일식도 배우겠다고 요즘 주말반 다녀요. 워낙 부지런한 친구니…….

나도 그냥 공부 같은 거 안 하고 요리나 배웠으면 좋았겠다, 싶을 때가 있어요.

요리는 아무나 하나, 뭐.

권커니 잣거니 하며 술잔을 돌리다 보니 다들 거나하게 취했다. 하숙집과 도서관을 쳇바퀴 돌듯 돌며 견뎌온 시간이 끝나갈 무렵이라 분위기가 얼마간 비장해진 탓도 있었다. 다리를 떨다가 떠는 다리를 손으로 누르다가 언젠가부터는 그냥 시원하게 떨기만 하고 있던 한별이 돌연 김민수를 똑바로 보며 물었다.

형님 그거 받으셨죠?

김민수가 게슴츠레한 눈으로 한별을 보는가 싶더니 딴전을 피웠다.

무얼 받아?

그거 있잖아요. 아시면서…….

순간 성준은 며칠 전 우연히 차휘랑과 김민수가 부엌에 나란히 선 채 이야기를 나누다가 성준을 보고서는 말을 뚝 그쳤던 장면을 떠올렸다. 차휘랑과 김민수가 성준에게 알리지 않아야 할 무언가를 이야기할 이유도 없었거니와 있다고 해도 관심 쏟을 여력이 없던 터라 성준은 그저 그런가 보다 했다.

저만 빼고 그러시기 없기예요, 진짜.

한별이 그렇게 말했으므로 성준은 돌연 그때 자기가 본 장면이 궁금해졌다.

뭔데? 말해 봐. 나만 모르는 뭔가가 있나 보네.

김민수는 말꼬리를 흐렸다.

별것 아니에요. 넌 왜 괜히 말을 꺼내서…….

적요한 가운데 분위기가 머슬머슬해졌다. 은비 목소리만이 활기를 띠었다. 틀림없이 뭔가가 있는 거야. 차휘랑과 김민수가 한별만 따돌린 거지. 차휘랑이 특별 간식 같은 걸 만들어 줬을 리는 없고, 뭘까? 그러고 보니 오빠도 따돌린 거잖아. 도대체 뭐가 있는 거지? 성준은 은비 목소리를 무시하려 애썼다. 자신과 상관없는 일에 끼어들고 싶지 않았다. 그러나 한별이 갑자기 아, 씨, 하더니 의자까지 박차고 일어나 제 방으로 가버렸으므로 성준은 호기심이 일었다. 한별의 무례함에 화도 내지 않고, 마치 그것을 감수할 어마어마한 이유가 있다는 듯 묵묵히 그릇들을 정리하는 김민수의 표정 역시 궁금증을 부추겼다. 김민수는 드러내지 않고 참기가 몹시 어렵다는, 사랑이나 재채기 같은 걸 가까스로 저지하고 있는 듯한 얼굴이었다. 며칠 후 성준은 그게 무언지 알게 되었다.

차휘랑과 김민수가 없는 날이었다. 성준이 간단하게 저녁을 먹으려는데 한별이 또 소주병을 들고서는 자리에 앉았다. 마지막 면접만을 앞둔 한별이, 면접은 그야말로 운이라고 생각한다며 급히 잔을 비웠다. 그다지 술 생각이 없던 성준도 막상 한 잔을 마시고 보니 자꾸 손이 갔다. 두 번째 병을 따던 한별이 돌연 한숨을 쉬며 말했다.

혹시 형님도 받은 건 아니죠?

뭘? 누구한테?

차휘랑이 민수 형님한테는 그걸 줬단 말이에요. 아, 진짜…….

성준은 비로소 차휘랑과 김민수의 은밀한 거래에 대해 들을 수 있었다. 예전의 성준이라면 실소를 터뜨렸을 이야기였다. 그러니까 차휘랑이, 돌아가신 할머니가 입던 팬티를 김민수에게만 주었다는 거였다. 여자 속옷이 시험을 잘 보게 해준다는 속설에 따라……. 한별은, 할머니 속옷이 몇 개 남지 않았다며 차휘랑이 제게 주기를 차일피일 미루고 있다고 투덜댔다. 성준은 고3 때 입시를 잘 치르려고 여학생이 깔고 앉은 방석을 훔치는 애들이 있다는 말을 들은 적은 있으나 여자

속옷 얘기는 처음이었다. 그런 건 변태나 하는 짓이 아닌가. 그러나 성준은 한별에게 허무맹랑한 그런 미신까지 믿느냐고 다그치지 않았다. 대신 이렇게 물었다.

누나라는 사람한테 받지 그랬어?

차휘랑의 '안내'에 따라 부산 태종대로 데려가 드디어 마음을 녹였다는 한별의 여자 친구를 언급한 거였다. 한별은 고개를 저었다.

에이, 그건 별 효과가 없어요. 나이 든 여성이 오래 입던 거라야 실제로 효험이 있다니까요. 이전에 제 방에서 살다가 나간 사람도 그 덕에 가볍게 외무고시 패스했어요. 차휘랑 할머니 속옷이 진짜 신통방통해요.

한별의 말에 의하면 차휘랑의 할머니 속옷은 차휘랑 할아버지가 한국전쟁 때 전사하지 않게 막아주었을 정도로 효력이 막강했다. 차휘랑의 아버지 역시 그 속옷을 입고 동네 노름판에서 이름을 날렸으며 어머니가 또 그걸 입어 차휘랑을 숭덩 낳기도 했단다. 성준은 반박하자고 들면 그럴 수 있었으나 잠자코 술잔만 비웠다. 문득 한별이 혼자 술을 따라 마실세라 내내 살피고 있는 자신을 의식했다.

해가 바뀌었다. 김민수는 무사히 박사과정에 진입했다. 학기를 연장하지 않고 한 번에 논문 심사를 통과한 유례없는 경우라 주변의 부러움을 샀다고 했다. 한별은 최종 면접을 잘 치르고 원하는 회사에 입사했다. 회사가 수원이라 못내 아쉬워하며 차휘랑의 하숙집을 떠났는데 그 방은 곧 한별과 가장 친하다는 친구가 차지했다. 성준은 한별이 차휘랑 할머니의 속옷을 끝내 얻었는지 어쨌는지 알지 못했다. 물어보지 않았기 때문인데 그럴 필요성을 느끼지 못해서였다. 성준은 2차 임용고시를 치른 후 합격자 발표를 기다리고 있었다.

다소곳하게 봄을 예고하는 포슬눈이 내리고 있었다. 은비는, 그러니까 은비 목소리는 여전히, 성준이 집을 나서기도 전에 곁에 있었다. 와, 오빠랑 여행이라니, 이게 얼마 만이야? 진짜 신난다. 늦으면 안 돼. 섬까지 세 시간이나 걸린다고. 나는 집에서 바로 가는 게 빠르니까, 오빠는 디지털 프라자 앞, 직행버스 타는 곳으로 와. 하숙집에서 한 번에 가는 버스 있어. 알지? 음, 몇 번이었더라? 병원 앞에서 타면 되는데……. 그러나 성준은 이전처럼 은비 목소리가 거슬리지 않았다.

잘해 보소.

집을 나서는 성준에게 무뚝뚝한 차휘랑이 웬일로 한마디를 던졌다. 성준이 고마워요, 하자 차휘랑은 오래 살아 알 거 다 안다는 듯한, 예의 노인의 표정으로 고개를 주억거렸다.

성준은 차휘랑에게 할머니 속옷 같은 걸 달라고 부탁하지 않았다. 임용고시에 또 떨어지면 학원 선생이라도 하면 그뿐이라 생각했다. 대신 '안내'에 적혀 있지 않아도 차휘랑의 머릿속에 있는 걸 알려달라고 막무가내로 졸랐다. 동반 자살한 연인 귀신이 사랑을 응원하는 태종대와 같은 곳이 있다면, 가난한 선비와 원님의 딸을 맺어준 전령사 학이 사랑을 이어주는 백령도와 같은 곳이 있다면……. 원혼이 사랑을 방해하는 곳, 잘 사귀던 연인도 단번에 헤어지게 만드는 곳도 분명히 있으려니 여겨서였다.

성준이 대문을 나서는데, 기어이 잔소리를 더 하려는 은비로부터 전화가 걸려 왔다. 성준이 살짝 들뜬 음성으로 답했다.

어, 지금 막 나왔어. 늦지 않을 거야.

소리 없이 흩날리는 눈이 멀뚱히 성준을 따라나섰다.

커피와 하루

첫 번째 커피

가마솥더위가 기승을 부리겠어요. 벌써 해가 쨍하네요.

거위 님이 그렇게 말하며 하늘을 보자 다른 네 사람이 고개를 꺾는다. 파란 하늘에 하얀 구름이 광인의 머리카락처럼 흩어져 있다. 군더더기 없이 파랗고 단순하게 하얘서 사실 습하고 뜨거운 가마솥 이미지를 떠올리기란 쉽지 않다. 그래도 누군가는 텔레비전 사극에서 배우가 솥뚜껑 여는 장면을 그리고, 누군가는 불가마 사우나나 한증막이라도 상상하려 애쓴다. 격에 어울리지 않게 떠오른 전시용 무쇠솥의 차가운 감촉을 기꺼이 밀어내려고 고개를 젓는 자도 있다. 네 사람은 거위 님에게 호감이 있고 굳이 그런 마음을 훼손하고 싶지 않기 때문이다. 거위 님도 다른 이에 대해 마찬가지 감정이다. 여인들은 서로에게 꽤 호의적이다.

2주에 한 번씩 구립 요양원에서 봉사하는 이들 다섯 여인은 애초에 활동을 '잘'하기보다 '꾸준히' 하는 데에 중점을 두기로 했다. 타고난 성정이나 선천적인 능력을 내세워 괜히 일을 그르치지 말자고 암묵적으로 동의한 상태랄까. 선험적 인식이나 개인적 경험을 뛰어넘어 가마솥더위에 공감하려 한 것도 어디까지나 그래서였다. 지역의 인터넷 카페를 통해 만난 여인들은 에둘러 이렇게 표현했다. 감당하지도 못할 거면서 함부로 마음 주고 그러는 건 질색이에요……. 질척거리는 관계가 좋을 리 없어요……. 몸 써서 일하는 게 봉사의 본질이죠…….

이들 모두, 봉사한답시고 우르르 몰려다니며 커피 마시고 수다 떨고 하다가 인간관계가 꼬이면서 차라리 봉사하지 않느니만 못한 상태가 된 적 있었다. 그러므로 다섯 여인은 상대에 대한 호구 조사 같은 걸 일절 하지 않았다. 어디 사는지, 무얼 하는지 묻지 않았고 나이나 가족 관계에 대해서도 함구했으며 심지어 호칭마저 카페에서 쓰는 별칭만을 사용했다. 송이 님, 미류 님, 모야 님, 처음 님, 거위 님. 아랫사람이 윗사람에게 쓰기에는 부적절하다는 이유로 '씨' 대신 '님'을 붙여 부르자는 데에도 대부분 찬성했다.

미류 님이 일행을 재촉한다.

빨리 끝내고 빨리 흩어집시다.

빨리 끝내고 빨리 흩어지는 데 이견이 없는 사람들이 각자 맡은 구역으로 간다.

화장실로 들어선 송이 님과 미류 님이 반사적으로 인상을 찌푸린다. 잘 말리지 않은 대걸레에서 나는 쿰쿰한 냄새와 지린내 때문이다. 올 때마다 세제를 풀고 솔로 박박 닦으며 청소를 해도 2주가 지나면 어김없이 이 모양이다. 송이 님이 창문을 열어젖히는 사이 미류 님이 대걸레를 빨기 시작한다. 요양원에는 봉사자가 아니어도 청소를 도맡아 하는 도우미가 있으나 쓰렁쓰렁 시늉만 하는 게 분명하다. 송이 님은 속으로 게으른 청소 도우미를 욕하나 미류 님은 안쓰럽게 여긴다. 송이 님이 누군가를 비판하기 좋아해서거나 미류 님이 지나치게 어질어서는 아니다. 다른 날 다른 상황이라면 각자의 기분도 달라졌을지 모른다. 두 사람은 의식적으로 말을 삼간다.

부엌을 맡은 모야 님은 개수대 아래 물이 새는 관이 고쳐졌는지부터 점검한다. 지난번에 담당자에게 업자를 불러 제대로 수리해야 한다고 일렀음에도 불구하고 관 밖으로 여전히 물이 흐른다. 물곰팡이가 중력을 거스르며 꿋꿋하게 자리를 넓히고 있다. 모야 님은 컴컴하고 축축한 곳에 고개를 들이민 채 물이 가장 적게 샐 수 있도록 관을 이리저리 돌린다. 지나치게 힘을 주어 숫제 관이 빠져버리지 않도록 신중을 기한다. 모야 님은 일에 집중하는 동안 잡다한 다른 생각을 몰아내는 데에 성공하는데, 그걸 의식하지는 못한다.

처음 님은 각종 의료 기구를 소독한다. 공동으로 쓰는 휠체어며 링거를 거는 거치대에 세정제를 묻혀 꼼꼼히 닦는다. 옆면에 입소자의 이름이 크게 적힌 개인용 배변기를 씻는 일이 가장 힘들다. 누군가의 엉덩이가 닿았을 테고 필시 소변이나 대변이 묻었을 기구를 만지려니 구토가 치밀 지경이다. 장갑을 꼈으나 그 장갑을 뚫고 스멀스멀 손끝까지 전해져 오는 느낌을 견디기 어렵다. 처음 님은 자기가 왜 이런 것까지 참아가며 봉사하고 있는지에 대해서라면 아주 잘 알고 있다고 생각한다. '생각'한다.

오늘은, 모임의 리더 격인 거위 님이 하는 일이 가장 쉽다. 텔레비전을 보는 공동구역과 외부인이 드나드는 대기실 청소다. 거위 님은 화분에 물을 주고 먼지가 쌓인 곳을 젖은 천과 마른 천으로 번갈아 훔치기도 하며 일의 속도를 조절한다. 노인들이나 그 가족을 마주쳐서 자칫 감정이 드러날 위험이 있는 공간이지만, 거위 님은 노련하다. 많은 것을 잃어 허탈하거나 외롭거나 비참한 입소자들을 상대하는 게 자기 몫이 아니라는 걸 절대로 잊지 않는다. 엄밀히 말해, 잊지 않고 있다고 믿는다.

다섯 명의 '님'들 모두 어떤 면에서 귀한 자질을 갖추었다고 할 수 있다. 자청해서 봉사하면서도 그걸 어딘가에 드러내어 과시하려 하지 않기 때문이다. 제가 한 좋은 일이라면 오른손 왼손은 물론 두 발 다 동원해서라도 홍보하기에 급급한 경박한 사람들과는 질적으로 다르다. 그러나 이들의 의도가 전적으로 순수하다고는 할 수 없다. 비록 뚜렷하게 자각하지 못할지라도 봉사를 통해 분명 무언가를 얻고 있으니까. 그건 가령 다른 이에게 드러낼 수 없는 상처의 치유일 수 있고 비밀스러운 일로부터 비롯된 죄책감의 상쇄일 수 있다. 스스로를 위로하거나 고무하는 방편일 수도 있다. 누군가는 건강한 아타락시아의 경지에 이르려는 진정한 '쾌락' 지향자일지도 모른다. 그러니까 난잡하고 방만한 의미로 왜곡, 재생산된 쾌락, 즉 물도 있고 빵도 있고 버터도 있어야 하는 쾌락이 아니라 물과 빵만으로도 충만한 에피쿠로스식 쾌락 말이다. 그러나 의도란 때로, 사고의 복잡한 미로나 어두컴컴한 지하 감옥에 갇혀 있기도 한다. 타인은 물론 자신조차 제대로 볼 수 없는 곳에서 순수하거나 순수하지 않은 동기를 추출해 내기란 어렵다.

다행히 여인들은 자신들이 왜 봉사를 하는지, 오래 골몰하지 않는다. 꼬리가 짧은 의문이 굼뜬 영혼을 흐리마리 스쳐 지나가도록 내버려둔다. 그들은 아주 특이할 것도 없고 비범할 것도 없는, 그저 조금 선량한 사람들일 뿐이다.

일을 마치고 휴게실에 모인 다섯 명이 서로가 한 일을 서로에게 보고한다. 다음번에는 맡은 구역을 바꾸어야 하는데, 가령 송이 님이 모야 님의 일을, 그러니까 개수대에 물이 새는 상황을 감당해야 할 수도 있어서다. 경비 때문에 수리가 늦어지는 것 같다는 말이 나오자, 얼마씩을 갹출해 요양원에 기증할지 말지를 두고 논의가 이어진다. 옥신각신, 설왕설래……. 결국, 정부 보조금이 없지도 않을 요양원에 불필요한 금전 지원까지 할 필요가 없다는 쪽으로 가닥이 잡힌다.

거위 님이 다들 수고했다며 봉지 커피를 타서 돌린다. 누군가는 봉지 커피가 맛있는 순간이 따로 있다며 컵을 손으로 감싸고, 누군가는 가끔 먹으면 진짜 맛있다며 호로록거린다. 커피에 관한 한 취향이 뚜렷한 누군가는 마시지 않은 채 평소보다 조금 서둘러 떠난다. 열한 시 이십 분, 모임이 완전히 끝난다.

두 번째 커피

아, 나 정말……. 얼마나 황당했는지 몰라.

정 사모가 앉자마자 유리 엄마를 픽업하다가 일어난 해프닝을 이야기한다. 브런치 레스토랑의 천장이 워낙 높아 소리가 웅웅 울린다.

4번 출구로 올라오는 중이라는 전화를 받고 깜빡이 켜고 있는데 글쎄, 저이가 내 바로 앞에 있는 차로 쏜살같이 뛰어가 문을 마구 두드리지 뭐야. 운전석에 있던 남자만 내린 게 아니야. 옆에 탄 애인인지 부인인지 모를 여자까지 내려서는…….

정 사모가 제게 쏟아진 시선을 다분히 즐기며 그 장면을 전한다. 실제로 운전석에서 내린 남자는 유리 엄마에게 누구인지를 물으며 쩔쩔맸다. 오래전 알던 사람인데 자기가 혹시 기억하지 못하나 싶어 당황한 듯도 보였다.

유리 엄마가 언제나처럼 느릿느릿 말한다. 말투 때문에 더 맹해 보인다.

당연히 정 사모님 차인 줄 알았죠. 주정차 단속에라도 걸릴까 봐 마음은 급하지, 차창이 깜깜해서 안은 보이지 않지……. 문이 도무지 안 열리길래 다급해서 두드렸죠, 뭐.

내 차 탄 게 몇 번째인데 그걸 못 알아봐? 하여튼 어리바리한 거 알아줘야 해.

우리가 유리 엄마 덕에 웃는다, 웃어. 고맙네, 뭐.

유쾌한 웃음이 번지는 가운데 유리 엄마를 놀리는 말들이 지칠 줄 모르고 이어진다. 테이블에 놓인 샐러드며 파스타, 피자 등이 짐짓 예의를 갖춘 채 여인들의 입속으로 뛰어드는 와중이다.

유리 엄마가 뒤늦게 합류한 후로 모임의 성격이 변했다. 남편들이 사업상 함께 골프를 치다가 아내들도 만나게 된 그 모임은 애초에 격식을 따지는 자리였다. 여인들은 그다지 나이가 많지 않았는데도 서로를 정 사모, 한 사모, 송 사모로 부르며 먀얄먀얄한 태도를 유지했다. 유리 엄마가 그런 분위기를 바꾸었다. "전 도무지 사모에 어울리는 사람이 아니에요. 제가 나이도 제일 어리잖아요. 우리 딸 예쁜 이름 좀 쓰게 해주세요." 처음부터 고집을 피웠으므로 유리의 엄마는 그렇게 유리 엄마로 불렸다. 유리 엄마는 실수가 잦았고 아무 말이나 툭 던진 후 실없이 웃기 잘했다. 언젠가는 음식점으로 들어서려다 통유리창을 보지 못하고 이마를 부딪기도 했고 역방향 에스컬레이터를 타려다 넘어져서 앓는 소리를 내기도 했다. 유리 엄마는 자신의 헐렁한 태도가 가학적인 데가 있는 정 사모를 만족시키고 손해 보기 싫어하는 한 사모를 방심케 하며 좋은 사람 콤플렉스가 있는 송 사모를 흡족하게 만든다고 생각했다. 유리 엄마가 처세술의 대가거나 내면이 가난한 이들의 공허가 그런 식으로 메워지기도 하는 걸 알 만큼 영리한 자여서 그런 건 아니었다. 어쩌면 사모들 각자의 개성이, 그 모임의 성격이, 유리 엄마의 태도나 행동을 이끄는지 몰랐다. 어쨌거나 유리 엄마가 어벙하게 굴수록, 푼수 짓을 잘할수록 모임은 활기를 띠었다. 유리 엄마가 아무런 사고도 치지 않을 때면 사모들이 오히려 안달하곤 했다. 이제 슬슬 강림할 때가 되지 않았어? 오늘 뭐 이상한 거 먹은 거야? 재미있게 좀 해줘 봐. 유리 엄마는 물컹물컹한 말들이 휘뚜루마뚜루 오가는 걸 즐겼다. 사모들이 정말로 자신을 친근하게 여겨서 그러는 거라고 믿기도 했다.

정 사모는 모임에서 매사 딱 부러지게 말하거나 빈틈없이 행동하는 사람으로 알려져 있었다. 가끔은 모진 말이나 강퍅한 태도가 튀어나오기도 했는데 엄벙덤벙한 유리 엄마가 자주 표적이 되었다. "정신 좀 차리고 살아, 제발. 제일 젊으면 뭘 해? 제일 정신이 없는데……." 그러나 말이 표독스럽다고 해서 마음까지 그런 건 아니었다. 자기가 생각해도 이상하긴 했으나 정 사모는 유리 엄마가 싫지 않았다. 호감이 생긴 건, 아마 유리 엄마가 "국내 대학엘 못 가서 미국에 있는 무명 대학에 가기는 했으나 허송세월만 넘기고 돌아왔어요."라고 털어놓았을 때부터였을 것이다. 정 사모는 소위 학력 콤플렉스가 있었는데, 학벌이고 뭐고를 떠나 실존만으로 당당할 수 있는 부류는 아니어서였다. 각종 문화센터나 교육기관을 좇아다니며 나름대로 교양을 넓힌다고 넓혔으나 어린 시절의 공포심을 물고 끝내 더 어려워지기만 한 영어만은 도저히 극복하지 못했다. 그래서인지 정 사모는 ABCD만 간신히 구분할 줄 안다며 너스레를 떠는 유리 엄마가 밉지 않았다. 언젠가 유명 파스타 가게의 메뉴판에서 도무지 한글을 찾을 수 없었을 때도 그랬다. 거기 적힌 건 영어가 아니라 이태리어였으나 정 사모에게는 도긴개긴이었다. 때 이르게 노안이 왔다며 한 사모에게 주문을 부탁하지 않을 수 없었다. 굴욕적인 순간을 모면한 건, 마침 유리 엄마가 "이게 뭐야? 죄다 웬 꼬부랑글씨네?" 소리쳤기 때문이었다. 정 사모는, 계산이 빨라도 꼼꼼하지는 않은 한 사모나 너무 순해서 둔한 데가 있는 송 사모가 눈치채지 못했으리라 여기며 유리 엄마에게 쯧쯧거리는 것으로 제 부끄러움을 숨겼다. 그러나 다음 모임에서 한 사모가 돋보기 달린 펜던트를 선물했을 때, 정 사모는 그걸 비웃는 태도로 받아들여야 할지 선의로 해석해야 할지 알 수 없었다. 정 사모는 돌연 의심에 사로잡혔다. 한 사모가 다정하게 구는 건 그저 다정해서만이 아닐 수 있었다. 모자란 듯 구는 유리 엄마도 사람 좋아 보이는 송 사모도 어쩌면……. 물론 의심스럽다고 해서 정 사모가 달리 할 수 있는 일은 없었다.

한 사모는 애초에 남편 사업 때문에 생긴 여자들의 모임이니만큼 정 주고 어쩌고 할 필요가 없다고 생각했다. 적절히 호의를 가장한 선에서 관계를 깔끔하게 맺는 게 최선이라 여겼다. 사실 남편이나 사업이 아니라면 유리 엄마가 그리 어리숙하게 굴지도, 정 사모가 늘 유리 엄마를 픽업하지도, 송 사모가 집에까지 초대하지도 않았을 거였다. 자신이 정 사모에게 젊은 나이에도 노안이 올 수 있다는 위로의 말을 건네고서 굳이 돋보기 펜던트까지 선물한 것 역시 그런 맥락에서였다. 하지만 언젠가 송 사모네 집에서 제가 든 찻잔의 손잡이가 부러져 비슷한 걸로 사다 준 후로는 깔밋한 관계라는 게 불가능할지도 모른다고 생각하게 되었다. 정 사모가 찻잔이 너무 예쁘다며 "어머, 헤렌드네. 이거 엄청 비싼 건데."라고 말하던 참이었다. 한 사모는 자세히 보려고 찻잔을 살짝 들었을 뿐이다. 그러니까 잔을 던지지도 손잡이를 비틀거나 꺾거나 당기지도 않았는데 손잡이가 툭 떨어지고 말았던 것이다. 송 사모는 괜찮다고 말했으나 한 사모는 같은 브랜드의 찻잔을 사다 주지 않을 수 없었다. 예상보다 가격이 비싸서 더 억울했다. 비싼 잔을 과시하려고 꺼낸 집주인이 마음에 들지 않았고 그걸 또 굳이 아는 체하며 비싸다고 언급한 정 사모도 마뜩잖았다. 어쩌면 그런 식의 사고에 가장 어울릴 법했으나 그날만은 조신했던 유리 엄마마저 미웠다. 그러나 한 사모는 가만히 마음을 숨겼다. 상대하기 싫은 이들을 견뎌야 할 때도 있는 법이라 여겼다.

송 사모는 남편의 사업이 아니어도 사람들과 두루 사귀는 걸 즐기는 편이었다. 매번 자청해서 맛집을 소개하거나 푼더분하게 사람들을 챙기는 것도 그래서였다. 송 사모는 낮은 자세로 친절을 베푸는 스스로가 뿌듯했다. 그런 건 물적인 여유가 아니라 심적인 여유가 있는 자만이 지닐 수 있는 태도라 여겼다. 그러나 의욕이 넘쳐 여인들을 집으로 초대한 건 두고두고 후회하지 않을 수 없었다. 동작이 거친 한 사모가 하필 제가 제일 아끼는 찻잔의 손잡이를 부러뜨렸기 때문이다. 송 사모는 기껏 그러모은 자부심이 단번에 와장창 깨지는 소리를 들었다. 너무 큰 대가를 치렀다는 기분을 떨칠 수가 없었다. 눈치 없는 한 사모가 같은 브랜드일 뿐 등급이 훨씬 낮은 다른 잔을 사다 주어 더 분이 났다. 이후로 송 사모는 모임에 흥을 잃었다. 사람이 좀 미련해서 그렇지 수더분한 성격이라 생각한 유리 엄마나 아는 체하기 좋아해도 근본이 악하지는 않다고 여긴 정 사모를 참아 넘기기도 점점 어려워졌다. 그러나 수고할 거 다 하고서, 성인 못 된 기린 신세가 될 수는 없는 노릇이었다. 송 사모는 여전히 웃는 얼굴을 풀지 않았고 다정하게 굴었다. 참을 건 참고 베풀 건 베푸는 자신을 대견하게 여기지 않을 수 없었다.

모임은 언제나처럼 화기애애하다. 개운치 않은 의혹과 서로로 인한 긴장은 끝내 도두뛰어 나오지 않는다. 바람직하고 성공적인 사교 모임.

커피 조금 더 드실 거죠? 어떤 걸로 드실래요? 제가 다녀올게요.

유리 엄마가 비어 있는 컵들을 살피더니 묻는다. 모임에서 두 번째 커피 주문은 헤어질 시간을 알리는 일종의 타이머다. 두 잔이나 마셨으니 혹은 시간을 보낼 만큼 보냈으니 자연스레 인사를 나눌 수 있다. 유리 엄마가 새로 주문한 커피를 들고 오자, 누군가는 두 번째 커피마저 알뜰히 다 마시고, 누군가는 입도 대지 않은 채 들고 다니는 텀블러에 옮겨 담는다. 반쯤 마신 후 다회용 컵에 옮겨 담는 이도 있다.

시간이 벌써 이렇게 되었네. 다들 일어나실까요?

오늘도 정말 즐거웠어. 다음 만남 또 기대할게요.

단지 살짝 비틀려 있거나 약간 음흉할 뿐인 사람들이 미소를 띠며 인사를 나눈다. 한 사람은 내친김에 근처에 사는 친구를 만나러 가기로 하고, 한 사람은 마트를 거쳐 집으로 가기로 하며 또 한 사람은 헬스장에 들르기로 한다. 한 사람만이 일터로 향한다.

세 번째 커피

사장의 옷 가게는 오후 세 시부터 일곱 시 사이에 가장 붐빈다. 주 고객층인 나이 지긋한 부인들이 밖에서 이런저런 볼일을 보고, 가령 친구를 만나거나 장을 보거나 운동을 하고, 귀가하기 전에 들르곤 하기 때문이다. 사장은 오전에 한 명, 오후에 두 명의 아르바이트생만을 돌려 하루 다섯 시간씩 일하게 한다. 긴 시간 일해 능률이 떨어질뿐더러 보험까지 신경 써야 하는 정직원은 쓰지 않는다. 그래도 사장의 매장은 최저 시급의 한 배 반이 넘는 급여를 보장하므로 적게 일하고 짭짤하게 벌려는 사람들이 선호하는 직장이다. 사업 수완이 좋은 사장은 아르바이트생들에게 실장이란 호칭을 주고 버젓해 보이는 명함까지 내주며 말하곤 한다. "손님들이 제대로 된 매장에서 옷을 산다고 느낄 수 있도록 직원들이 품위 있어 보여야 해."

세 시 십 분, 연 실장이 얼마간 초조해하며 매장에 들어선다. 착실하고 다기진 김 실장이 어련히 오전에 문을 열었을 테고 오 실장도 두 시에 나왔을 테니 십 분 지각쯤이야 크게 문제 될 게 없다. 그러나 깐깐한 사장이 알면 결코 가볍게 넘기지 않을 것이다. 그날 딱 하루, 십 분 늦은 게 아니라 자신이 감지하지 못한 다른 모든 날에도 십 분이고 이십 분이고 제멋대로 늦는다고 여길 것이다. 연 실장은 다른 이에게서라면 몰라도 사장에게만큼은 애먼 평가를 받고 싶지 않다. 차라리 십 분쯤 늦을 거라고 미리 말할걸, 후회하며 매장을 둘러보는데 다행히 사장은 보이지 않는다.

그런데 사실 늦게 출근한 건 연 실장만이 아니다. 오 실장은 원래 두 시에 와야 했으나 간발의 차로 연 실장보다 일찍 들어섰을 뿐이다.

오 실장은 제 사정을 봐주어 늦게 퇴근하는 김 실장에게 고마움을 표한 후 막 들어선 연 실장에게 살갑게 인사한다.

"오셨어요? 커피 드실래요?"

연 실장은 오 실장이 손에 든 컵을 흘깃 보더니 턱짓으로 계산대 옆 작은 공간을 가리킨다.

난 됐어요. 마실 거면 이쪽에서 마셔요. 흘리면 안 되니까.

오 실장은 커피 뚜껑이 잘 닫혔는지 확인한 후 선반 위에 둔다. 이미 커피를 두 잔이나 마셨으므로 당장 마시기는 싫고 버리기엔 아까워서다.

세 시 반, 단골을 상대하던 연 실장은 돌아보지 않아도 사장이 매장으로 들어선 걸 알 수 있다. 피부를 아리게 하는 차가운 바람 같은 게 실내를 휘돌아 나가고 옹골찬 무언가가 잔뜩 도사린 채 공중에 떠 있는 듯한 느낌이 들기 때문이다. 사장이 가만히 서서 옷이 걸린 사면 벽을 일별하거나 무심히 바닥을 훑을 뿐인데도 어김없이 그런 분위기가 감지된다. 함께 일한 어떤 직원은 그럴 때마다 소름이 돋는다고 했고, 어떤 직원은 갑자기 중력이 두 배로 늘어나 바닥으로 빨려 들어가는 듯하다고 했다.

연 실장이 여러 벌의 옷을 산 고객을 곰살궂게 배웅하고 나자, 사장이 연 실장에게 커피가 든 컵을 내민다. "이거 마시는 거 맞지?" 연 실장이 감사해요, 하자 사장이 내처 묻는다.

알아봤어요?

연 실장은 사장의 목소리가 구멍 뚫린 해면 스펀지처럼 가벼우나 음색만 가벼울 뿐이라는 걸 모르지 않는다. 어깨로 내려앉는 압박감을 무지근하게 감지하며 엑셀 파일로 작성한 서류를 내민다. 없어진 의류 목록과 판매가가 날짜별로 정리되어 있다.

모두 몇 벌?

그다지 많지는 않아요. 처음 두 달간은 별일 없었고요. 지난달부터 이번 달까지 조금씩…….

사장이 연 실장이 정리한 목록과 총액을 흘끗 보고는 월급보다 많네, 한다. 너무 늦게 알아차린 스스로가 싫다는 듯 얼굴을 찡그린다. 그러나 실은 연 실장이 보고 있으므로 그런 표정을 지었을 뿐이다. 어쨌거나 오 실장이 "제 가게라 생각하고 정말 열심히 일하겠습니다."라고 했을 때 말만 번드르르하게 하는 유형이라는 걸 알아챘어야 하는 건데……. 사장이 누구에게랄 것도 없이 쯧, 혀를 찬다.

곧 연 실장이 USB도 내민다. 쉽게 알아볼 수 있도록 오 실장이 옷을 훔친 날만 편집해서 모은 영상이다. 연 실장은 CCTV를 일일이 돌려 보느라 밤을 새웠으나 군말하지 않는다. 허튼짓하는 직원에겐 가혹하나 정직한 직원에겐 너그러운 사장이 적절히 보상하리라 여겨서다. 연 실장은 사장이 자신을 신뢰할수록 휴가비며 상여금 명목으로 얻을 수 있는 게 많다는 걸 익히 알고 있다. 기실 바로 그 때문에 지난 삼 년간 가게를 그만두지 않고 성실히 일해 왔다.

사장은 사람을 쓰는 데에 특히 공을 들였다. 돈 좀 있고 나이 지긋한 부인들을 상대하기 위해 어디로 튈지 모를 젊은 사람은 들이지 않았다. 애초에 예의범절 같은 걸 배운 일이 없어 보이거나 애교만으로 대충 뭉개려는 사람도 채용하지 않았다. 일단 채용하면 업무에 관한 한 꼼꼼히 지적하며 가르쳤다. 사장은 같은 손님이어도 어떻게 대하느냐에 따라 옷을 팔 수도 팔지 못할 수도 있다고 믿었다. 가끔 매상을 올리지 못했으면서도 최선을 다했다고 말하는 직원에게는 냉랭하게 말하곤 했다. "같은 손님인데 왜 당신은 팔지 못하고 나는 파는 거죠? 내가 한두 해 장사했을 거 같아요?" 사장은 자선 사업 하려고 일하는 게 아니라는 말을 자주 했고, 그 말을 증명이라도 하듯 어떤 것도 가볍게 넘기지 않았다. 버티는 직원이 많지 않았다. 최근 들어 더욱 자주 사람이 바뀌자 사장은 투덜대곤 했다. "믿을 수 없는 사람투성이야. 말이며 태도며 천년만년 일할 것처럼 해 놓고는……." 그러나 태세 전환이 빠른 사장은 언제부터인가 사람을 내보낼 때 더는 화를 내지 않았다. 가뜩이나 에너지 쓸 일이 넘쳐 나는 판인데 그런 데에까지 기운을 뺏기고 싶지 않아서였다. 문제를 일으킨 직원을 내보낼 때, 사장은 목소리를 높이지 않을 수 있도록 미리 충분한 증거를 모았다. 실랑이할 상황이 올 성싶으면 곧바로 경찰서로 넘겨버렸다.

연 실장은 사장이 늡늡한 데라곤 없는 사람이어도 존경스러운 데가 있다고 생각했다. 손버릇 나쁜 직원을 내보내는 게 어찌 보면 남는 장사일지 모르겠다고 짐작한 후로도 그 생각은 변하지 않았다. 사장은 없어진 옷의 원가가 아니라 판매가를 보상받고 내쫓았다. 처음에 연 실장은 사장이 지나치게 매몰차다 싶어 원가로 계산해 주면 안 될까요, 형편이 좀 어려웠던 모양인데 경찰서에 넘기는 것까진 안 해도 되지 않을까요, 하며 당사자를 대신해 선처를 구하기도 했다. 지금은 그러지 않았다. 손톱도 들어가지 않을 것이기 때문이기도 했거니와 사장의 계산법이 맞다고 생각해서였다. 사장과 일하면서, 이익이 나지 않으면 일할 이유가 없다는 사장의 말에 동조하게 되었다. 더군다나 사장은 제 말을 증명이라도 하듯 밤새 자료를 준비한 연 실장에게 언제나 적절히 사례했다. 무시할 수 없는 액수였고, 가끔 아이에게 필요한 특별 과외를 시키기에도 유용했다. 연 실장은 사장을, 그러니까 사장의 돈 혹은 경영 태도를 존중하는 게 그다지 부끄럽지 않았다. 그러므로 일찌감치 오 실장에게 경고할 수도 있었으나 그러지 않았다.

오 실장은 확실히 도를 넘었다. 그러나 오 실장이 처음부터 작정하고 옷을 훔친 건 아니었다. 사장의 가게를 만만하게 본 건 사실이었다. 그저 적게 일하고도 꽤 넉넉한 보수를 받을 수 있으며 새벽 노동의 피로를 적당히 풀 수 있는 곳쯤으로 여겼다. 착각인 줄 몰랐다. 다른 가게에서는 손님을 친절하게 대하기만 하면 됐다. 옷을 살 사람은 어찌해도 샀고, 안 살 사람은 무얼 해도 사지 않았으니까. 한두 번 해 본 게 아니니 그쯤은 경험으로 안다고 생각했다. 그러나 사장은 깐깐하게 직원을 다그치는 사람이었다. 어떤 손님이 오건 수완을 발휘해 액세서리 하나라도 팔아야 했다. 그러지 못하면 못마땅한 사장의 시선을 종일 감당해야 했다. 노동 강도도 높았다. 날마다 꼼꼼히 청소기를 돌려야 했고 수시로 스팀다리미질도 해야 했다. 억울한 기분이 켜켜이 쌓였다. 최근에 오 실장은 남편의 사업이 본격적으로 위기에 처하면서 백방으로 돈을 구하지 않을 수 없었다. 새벽에 물류센터에서 일해 번 돈으로는 사채업자의 이자를 감당하기만도 벅찼다. 그녀는 언젠가 고약한 점주를 만났을 때 했던 대로 옷을 하나씩 빼돌렸다. 사장의 옷들은 품질이 좋아 아는 사람에게 넘기면 흡족한 거래를 할 수 있었다. 손님들이 옷을 그대로 두고 나오는 데다 카메라도 없는 탈의실을 이용했으므로 들킬 걱정은 하지 않았다. 제 경험을 믿은 오 실장은 이런 가게, 이런 사장이 있는 곳에서는 함부로 손을 놀리지 말아야 한다는 걸 알지 못했다.

오 실장이 결국 스카프 한 장도 팔지 못하고 손님을 보내고 나자 사장이 손짓해 부른다.

오늘부로 그만두고 나가요. 탈의실 안에 카메라가 없었어도 오 실장이 가방을 탈의실에 둔 채 들락거린 건 다 찍혔습니다.

오 실장이 뭔가를 잘못 들었나 싶어 "네?" 한다. 조곤조곤 말하는 사장의 얼굴에 안타까운 기색은 없다.

도둑질은 눙쳐줄 테니까, 십이만 오천 원 더 내고 조용히 나가요.

무슨 말이에요, 지금?

사장이 회초리 치듯 종이를 휙, 한 번 들었다 놓는다.

당신이 여태 훔친 옷 판매가 총액이 백육십이만 오천 원. 지난달 월급은 이미 계산 끝났고, 내가 시급 만 오천 원씩 쳐주기로 했죠? 오늘은 늦게 와서 제대로 일하지도 않았으니, 어제까지 이십 일 일한 거 계산하면 모두 백오십만 원. 모자라는 십이만 오천 원은 지금 현금으로 주든지, 아니면 계좌로 입금하세요.

오 실장이 만 가지 말을 쏟아내고 싶은 입술을 지그시 깨문다. 사장을 증오하는 데서 시작해 자괴감으로 스스로를 다그친 후 마침내 그저 재수가 없었을 뿐이라고 한탄하기까지 그리 오래 걸리지 않는다. 당연히 오 실장은 이런 걸 처음 겪는 철없는 어린애가 아니다. 슬기롭게 체념하기로 한 그녀가 사장을 더는 자극하지 않으려는 듯 나지막하게 말한다.

지금 당장은 못 드려요.

영상도 보여줘요? 경찰서에 신고할 겁니다.

사장이 곧바로 휴대전화기를 꺼낸다. 사장이 시늉만 하는 사람은 아니란 걸 익히 아는 오 실장이 한풀 더 꺾인다.

죄송해요. 사정이 급해서 그랬어요.

사장이 시킨 대로 입구에서 손님이 오지나 않는지 살피던 연 실장은 속으로 피식 웃는다. 사정 급하지 않은 사람이 어디 있나, 돈 필요하지 않은 사람이 도대체 어디에 있나 말이다. 심지어 사장마저도 여하한 사정이 없다면 뭣 하러 옷 장사 같은 걸 하고 있을까.

예상대로 사장은 한 치도 물러서지 않는다.

입금하세요, 지금 당장.

결국, 오 실장이 입술을 앙다물고는 전화기 화면을 두드린다. 손톱을 짧게 깎은 손가락이 진동 중인 휴대전화기처럼 부르르 떨린다.

이해타산이 밝고 그럴 사정이 충분한 세 사람이 자리를 정리하기까지 채 십 분이 걸리지 않는다. 사장과 연 실장이 각자 자기 커피를 홀짝이는 사이, 오 실장은 제가 사 온 커피를 잊은 채 가게를 나선다.

네 번째 커피

먼저 온 이가 나중에 온 이를 다급하게 끌어안는다. 두 사람의 공간에서 연인을 기다린 이가 투정하듯 말한다.

늦었네.

응…….

먼저 온 이는 안달이 났으나 나중 온 이는 느긋하다.

왜 그리 바빴는지, 뭘 했는지 다 알려줘.

일이 많았어. 처참했지. 오늘 내게 있었던 일을 다 말하기는 싫은데…….

말해줘.

먼저 온 이는 그리 말했으나 입을 맞춰 말을 막는다. 나중 온 이 역시, 그랬고 그렇고 앞으로도 그럴 뿐인 일과를 미주알고주알 이야기할 생각은 애초부터 없었다. 잠시 후 두 사람의 입술은, 좀 더 있으리라고 짐작한 어떤 것을 막연하게 그리워하며 떨어진다. 나중 온 이가 겉옷을 벗어 의자에 걸며 말한다.

피곤해. 커피 한 잔 줘.

그래. 나도 마시려던 참이야.

먼저 온 이가 물을 올리고는 원두를 간다.

아메리카노랑 에스프레소. 썩 어울리지는 않는다. 그치?

나중 온 이가 연인의 말을 그냥 흘려듣지 않는다는 인상을 주기 위해 시선을 맞추며 대꾸한다.

마시는 커피인데 어울리고 안 어울리고가 어디 있어.

커피 마시는 취향에 따라 사람 성격도 다를걸? 물론 이것저것 기분 따라 다 다르게 마시는 사람도 있겠지만, 넌 대개 그것만 마시잖아. 나도 다른 건 잘 안 마셔.

다르다고? 그런가…….

우린 달라서 끌리는 거야.

어떤 면에서 다른지 안다고 확신하는 먼저 온 이가 크기가 다른 잔 두 개를 꺼내며 묻는다.

힘들어?

응, 힘들어. 정말 힘들어. 그래도 사는 대로 사는 거지, 뭐. 너는?

살다 보면 살아지겠지. 네가 있잖아.

나중 온 이가 먼저 온 이의 시선을 피하며 커피를 마신다. 먼저 온 이는 필연의 시간을 거쳐 제게 온 듯한 연인의 손에 정신이 팔려 방금 무얼 놓쳤는지 알지 못한다. 짧게 깎은 손톱들과 단정한 손가락들, 더께 앉은 고독을 긁어내고 위안을 움켜쥐는 데에는 양보를 모를 그것들이 비통할 만큼 아름답다고 여길 뿐이다.

먼저 온 이는 나중 온 이를 그리워하는 마음으로부터 잠시도 벗어날 수가 없었다. 같이 있는 동안에도 너무 그리워, 심지어 서럽기까지 한 상태를 스스로 어찌 해석해야 할지 모를 지경이었다. 특히 연인의 손가락을 볼 때마다 깨물어 주고 싶은 욕구를 느꼈다. 지나치게 아프지는 않게, 그러나 유의미할 정도로는 아프게. 연인이 그걸 너무 싫어하지 않았더라면 한두 번 시도하는 걸로 그치지 않았을 거였다. 언제나 그러고 싶었고 언젠가는 또 그래 보고 싶었다. 먼저 온 이는 갓 부모가 된 엄마나 아빠가 아기를 보며 왜 꼭 깨물어 주고 싶다는 표현을 쓰는지 알 것 같았다. 너무 아름답고 너무 사랑스러운 걸 보면 비현실적이기 때문이었다. 물어서 정말로 울음을 터뜨리는지, 정말로 살아 있는지 확인하고 싶은 것이다. 물론 실제로는 울음이 아니라 웃음이, 그저 사소한 반응이 나올 정도로 살짝 무는 시늉을 할 뿐일 테지만……. 혹은 죽을 만큼, 그대로 죽어도 좋을 만큼 상대가 탐스러워 자연스레 생명과 관련된 식욕을 자극하기 때문일지 몰랐다. 입에 침이 가득 고인 채로 빨간 사과를 덥석 물기도 하는 것처럼 생명 같은 사랑을 덥석 물어버리고 싶은 것이다. 먼저 온 이는 생각하곤 했다. '필연적으로 고통의 입자가 사랑의 밀도를 높이는 거다.' 먼저 온 이는 나중 온 이를 그렇게 몹시 사랑했다. 때로는 진짜로 고통을 주고 싶기도 했다. 사랑과 고통이 늘 함께하고 있다는 것을, 자신의 사랑이 커서 너무 아프다는 것을 알려주고 싶었다.

나중 온 이는 그렇지 않았다. 연인을 사랑했고 사랑스럽게 바라보았으나 그걸로 고통스럽지는 않았다. 적어도 당장은, 그래야 한다고 생각했다. 사랑은 즐겁고 유쾌해야 하고 고통은 지겹고 불쾌한 것이어야 맞았다. 봄 들판에 흐드러지게 핀 꽃들처럼 세상에 만연한 고통을 굳이 연인에게서까지 느끼고 싶지 않았다. 그러므로 나중 온 이는 연인이 가끔 제 손가락을 비롯해 신체의 어느 부위건 깨무는 걸 싫어했다. 언젠가 젖꼭지를 살짝 물렸을 때는 거의 발로 차다시피 해서 연인을 밀어 냈을 정도였다. 나중 온 이는 사랑과 고통이 맞물려 있을 수도 있다는 연인의 말을 대체로 무시했다. 사랑이 끝나면 고통이 올 수도 있겠으나 사랑하는 동안 고통을 느껴서는 안 된다고 여겼다. 고통스러워지면 사랑은 곧바로 끝내는 게 맞았다. 사랑이, 삶이 품은 유일하게 소중한 건 아니니까. 노동의 지옥을 혹처럼 달고 태어난 삶은 대개 사랑만이 아니라 다른 무수한 것들도 기르고 어르고 받들어야 하니까. 게다가 사랑이 온 우주를 통틀어 단 하나만 존재하는 것도 아니라고 생각했다. 조금 더 옅거나 짙은 사랑과 조금 더 가볍거나 무거운 사랑이 어디에나 물결처럼 흘러 다니기 마련이었다. 그러므로 나중 온 이는 이 사랑이 끝나도 다른 새로운 사랑으로 옮겨 갈 수 있으리라 여겼다. 다만 지금 하는 사랑이 정말 끝나기라도 하는 걸 굳이 미리 상상하지는 않았다.

그러나 먼저 온 이도 나중 온 이도, 진짜 무당의 경지에 이르지 못한 배운무당처럼 어슴푸레 넘겨짚고만 있을지 몰랐다. 이스라엘인들이 광야를 떠돈 사십 년에도 미치지 못한 인생을 살았을 뿐인 이들이, 고단한 하루에 젖어 잠시 망각했을 가능성도 얼마든지 있었다. 기억하지 못하거나 의도적으로 잊었을 뿐, 나중 온 이가 먼저 온 이처럼, 먼저 온 이가 나중 온 이처럼 생각하지 않았으리란 보장은 없었다. 사랑에 대해 지금 두 사람의 입장이 다른 건, 저울이나 자로 똑같이 나눌 수 없는 사랑 자체의 속성 때문일 수 있었다. 불균형이 본질인 것을 저로서도 어쩌지 못하는 사랑이, 늘 한쪽으로 더 가거나 덜 간 채 짝다리 짚고 선 걸 즐기기 때문일 수도……. 어쨌거나 사랑이 제 생긴 모습을 일부러 감춘 적이 없는데도 불구하고, 유사 이래 무수한 연인들이 자청해서 속고도 그렇지 않은 척한 건 분명했다. 대체로 유약하고 비겁하기 때문일 텐데, 살던 대로 사는, 살다 보면 살아지리라 생각하는 두 사람 역시 대단히 특별한 사랑을 하고 있지는 않았다.

참, 요즘 밤에 잘 못 잔다면서 커피 마셔도 돼?

커피랑 상관없어.

앙증맞은 작은 잔과 튼실해 보이는 큰 잔이 거의 빈 채로 나란히 놓인다. 그러나 커피는, 어린 시절에 저지른 은밀하고 치명적인 실수처럼 순순히 사라지지는 않는다. 잔 바닥에 찐득하니 끈질기게 잔류한다.

마시니까 살 것 같다.

그러게. 좋은데?

곧 나중 온 이의 손이 먼저 온 이의 몸 구석구석을 훑기 시작한다. 위로 옆으로 아래로, 뜨겁고 아름다운 경계 너머로,

끝으로……. 나중 온 이의 손가락은 탐색에 능하다. 너무 소중했으나 방심한 순간 잃어버린 걸 찾아내고 그다지 소중한 줄 몰랐으나 돌연 귀히 여기게 될 것도 찾아낸다. 유능한 그 손가락들은 곡예사처럼 시간을 타고 넘으며, 깡그리 잊은 것들 사이에서 희미한 단서를 잡아내기도 한다. 앞으로 생길 것도 찾아내 줘. 꼭 그래 줘. 할 수 있잖아. 먼저 온 이가 미숙한 사춘기 아이처럼 나중 온 이에게 떼를 쓰기 시작한다. 나중 온 이가 먼저 온 이의 입을 손으로 살짝 가린다. 먼저 온 이가 눈을 크게 뜨자 이번에는 눈을 가린다. 장난기 어린 동작이, 너무 식상해서 차라리 없는 게 나을 우수를 쉽게 밀어낸다. 상대가 소중해서 자신도 소중하게 여겨지는, 상대가 아름다워 자신도 아름답게 여겨지는 고양의 순간이 안개처럼 연인을 감싼다. 이윽고 두 사람은 정상에 다다르는 것과 동시에 내리막길로 치닫는 쓸쓸한 사랑의 행로에 휩쓸린다. 언젠가 함께 읽은 책에 나온 라틴어 구절 "Post coitum omne animal triste est(성교 후 모든 동물은 우울하다)."와 같은 말을 떠올리기도 한다.

사랑해. 먼저 온 이는 그 말만이 그 순간을 위로하고 보호하고 떠받드는 유일한 것이라고 여기지만 나중 온 이는 그렇지 않다고 여긴다. 적절한 말이 떠오르지 않아 그냥 가만히 있다. '사랑해'가 지나치게 단순하거나 심지어 무감각한 단어라고 생각하는 걸까? 나중 온 이가 무언가를 생각해 내려고, 심지어 창조하려고 애를 쓰는 사이 먼저 온 이가 투덜거린다. 자제하지 않고 연인이 말하기를 재촉한다. 먼저 온 이는 언젠가 자신도 사랑이란 단어에 의문을 품었으며, 그래서 아무 말도 뱉지 못한 적 있다는 걸 기억하지 못한다.

그러나 이름 불렸어야 할 순간은 금방 유야무야 흩어진다. 사랑을 제외한 생의 온갖 잔여물이 나른한 잠을 선사했기 때문이다. 먼저 온 이와 나중 온 이는 잠시나마 무구해진다.

마지막 커피

커피에 관한 한 취향이 뚜렷한 여자가 혹은 취향이랄 게 실은 없을지 모를 여자가, 아이와 남편이 잠든 걸 확인한 후 마지막으로 커피를 내린다. 녹지근해진 밤이 하품하는 사이, 김을 뿜는 뜨거운 물이 신비로운 검은 물로 변한다. 여자는 소파에 스며들 듯 몸을 웅그려 넣는다.

커피는 여자의 잠을 앗아가지 않는다. 잠을 앗아가는 건 따로 있는데……. 그건 어디에도 없는 여자 자신이다. 아니다. 실은 없는 게 아니라 굴절되어 자기처럼 보이지 않을 뿐이다. 여자는 아침에 본 하얀 구름처럼 가닥가닥 흩어진 자신의 조각들을 그러모으려 애쓴다. 그러나…… 아침은 너무 멀다. 거꾸로 짚어 보기로 한다. 연인을 만난 장소에서부터 옷가게와 브런치 레스토랑과……. 여자는 미간에 주름을 모으다가 평생 일관되게 모은 게 주름뿐인가 싶어 쓴웃음을 짓는다. 어떤 생과 다른 어떤 생이 갈마든다. 산만한 가운데 여자는 자꾸 중첩되고 연루되고 또 와해된다.

여자가 잔을 들어 올려 거의 경건해 보이는 태도로 향을 맡는다. 흩어진 여자의 조각들이 커피 향과 함께 밤의 장막 사이사이로 스며든다. 엷은 색채만을 간직한 채 보이지 않는 곳으로 가라앉는다. 어디……일까? 여자는 스스로가 미덥지 못해 가만히 눈을 깜빡인다. 고작 하루의 무게를 얹었을 뿐인 눈꺼풀이 오르락내리락한다.

여자의 손가락에 커피 잔이 아슬아슬하게 걸려 있다. 마침내, 여자를 유일하게 제대로 아는 커피가 여자의 하루를 가만히 닫아준다.

안녕, 우리

십여 년 만이다. 경마장, 아니 경마공원을 다시 찾은 게. 날이 아직 쌀쌀하나 추위가 느껴지지 않을 정도로 몸이 뜨겁다.

우리가 이렇게 다 같이 놀러 나온 게 도대체 얼마 만이냐?

내가 양발을 부딪으며 뛸 정도로 들뜬 것과 달리, 녀석들은 도무지 감흥이 없는 모양이다. 명석은 꼬리 잘린 도마뱀처럼 허둥대며 아내 소미의 눈치를 살피느라 바쁘고, 은호는 숫제 내 말이 들리지 않는다는 듯 먼산바라기를 하고 있다. 명석이야 최근 직장 여직원이 야밤에 보낸 문자 때문에 곤욕을 치르는 중이니 그러려니 할 수 있었다. 소미는 네 글자에 불과한 '주무세요?'가 많은 걸 상상하게 한다며 쉽게 넘어가지 않았다. 이상한 건 은호다. 아내와 문제가 있는 것도 아니고 휴일에 아이들과 나오는 걸 싫어하지도 않는 은호가 아까부터 조용하다. 솜을 잔뜩 넣은 쿠션처럼 몸이 부풀고서 성격도 푼더분해진 은호답지 않다. 기분이 나쁘다기보다 침울해 보이는데 그간 은호와 소원했던 나는 왜 그런지 이유를 알 수가 없다. 은호의 아내는 은호가 그런 걸 전혀 모르는 모양이다. 오동통한 가지처럼 생긴 해윤이 윤기 흐르는 가지처럼 건강하게 말한다.

예전이랑 분위기가 완전히 다른걸? 애들이 너무 재미있어하겠다.

우리가 자리 잡은 곳은 경마공원 중에서도 연인들, 가족들을 위한 2040 놀라운지다. 가볍게 레저나 스포츠를 즐기러 왔을 뿐인, 소위 도박이나 중독이란 음충한 말과는 하등 상관없어 보이는 사람들로 가득하다.

진석이는 언제 온대?

은호가 창밖을 내다보며 명석에게 묻는다. 직전 경기에서 1등으로 들어온 타이탄삭스라는 말이 커다란 전광판에 비치고 있다. 소미가 내리치는 몽둥이에, 대학 때의 별명처럼 잠시 멍석이 된 명석이 시들하게 말한다.

몰라. 올 때 되면 오겠지.

성도 같고 이름 뒷글자도 같으니 형제나 매한가지라며 진석을 챙기던 명석답지 않다. 마님에게 멍석말이를 혹독하게 당해 만사 귀찮은 모양이다. 내가 아양을 떨며 그들에게 속삭인다.

우리 진석이 오면 나가자.

명석이 가당찮다는 표정으로 혀를 찬다. 그가 세상 지킬 도리는 저 혼자 다 지키고 사는 듯 굴며 나를 멀리한 지는 꽤 되었다. 내 목이 나가고, 손목이 나가고, 허리가 나가고, 아무튼 많은 게 부실해진 데는 내게 먀얄먀얄하게 군 녀석의 탓이 크다. 명석은 소위 '야밤 문자' 사건으로 만감이 교차하지 않았더라면 이 자리에 나를 부르려 들지도 않았을 것이다. 은호는 그렇지 않다. 소원해졌다고는 해도 꿍쳐 둔 비상금을 털어 쓸 때만큼은 살뜰히 나를 찾기도 한다. 그런데 오늘은 어째서 저리 뚱한 걸까?

나는 오랜만에 찾은 추억의 장소에서 유쾌하게 놀 기회를 아무렇게나 날려버리고 싶지 않다. 예전에 곧잘 먹히곤 한 방식대로 녀석들의 자존심을 긁기로 한다.

쫄보처럼 굴지 말고 진석이한테 얼른 문자해. 올 때 편의점 들르라고. 여기선 안 판단 말이야.

명석이 어림없다는 듯 은호를 바라보지만 은호는 쫄보, 즉 '졸장부'라는 말에 발끈한 게 분명하다. 얼굴이 붉게 달아오르자 적어도 이전보다는 생기가 도는 듯하다. 나는 흡족하다.

나와는 다른 이유로 흡족한 해윤이 아이들에게 경기에 참여하는 방법을 설명하고 있다. 단승식이니 복승식이니 하는 복잡한 용어는 사용하지 않는다.

마음에 드는 말을 하나 정해서 열심히 응원하면 돼. 응원한 말이 1등을 하면 포켓몬 빵을 살 수도 있을 거야.

아이들이 괜히 와, 소리를 지른다. 아이들은 초등 저학년의 수준에 딱 맞게, 요령 있게 자라는 중이다. 유행 지난 포켓몬 빵보다 휴일 나들이에 어울리는 명랑한 분위기가 더 중요하다는 걸 알고 있다.

소미 마님이 우아한 손을 놀려 아들의 코를 풀어주며 굳이 은호를 향해 말한다.

아빠들, 저기 가서 강의 듣고 말 인형 받아 와요. 애들은 들어가지 못하니까.

소미가 가리킨 곳은 경마 초보 교실이다. 삼십 분 강의 듣는 동안 인스타그램에 해시태그를 달고 사진을 올리면 열쇠고리 인형이 생긴다고 해윤이 단톡방에서 언급한 곳이다.

하얀 말 말고 갈색 말로 받아 와요. 두 개씩 얻어 오면 더 좋고.

은호네 아들과 딸, 명석이네 딸 둘, 아이들은 모두 넷이다.

썩 내키지 않는 걸음으로 초보 교실에 간다. 우리는 경마 초보가 아니다. 예전에는 경마장에 우리끼리도 오고 그때그때 바뀌는 연애 상대와도 오곤 했다. 경마에 대단한 애정이 있거나 도박에 중독되어서가 아니었다. 이십 대의 다른 청년들이 '시간'을 공유하기 위해 컴퓨터 게임을 하거나 당구, 카드를 친 것처럼 우리도 경마장에서 함께 시간을 보낸 것뿐이다. 물론 경마가 주는 의외성과 모호성, 그리고 그 급박한 분위기에 매료당하지 않은 건 아니었다. 당시의 우리는 삶이 교묘하게 우리의 예측을 벗어나 나아가고, 한없이 무례하게, 즉 허락 같은 걸 구하지도 않고서 부지불식간 끝나버리기도 한다는 걸 막연히 알고 있었다. 그러나 아직은 그 삶에 깊이 발들이지 않았다고 여겼고 실제로도 그랬으므로 여유가 있었다. 자신 외에 다른 걸 책임질 일이 없던 우리는 관람하는 자로서 대충 넘길 수 있는 시간을 즐겼다.

은호와 명석은 더는 관람자가 아니다. 아이와 승진과 대출금 이자 등이 쭈뼛거리는 그들을 기어이 무대로 내몰았으니까.

내몰린 처지를 두고 평소에는 명석이 툴툴거리나 오늘은 은호가 더 그러는 듯하다. 마님의 시선에서 놓여난 명석이 그제야 친구를 챙긴다. 수렁 같은 삶에, 발이 아니라 고개를 처박은 듯한 은호에게 묻는다.

너 무슨 일 있어? 나야 오해 사기 딱 좋은 문자 때문에 이 난리를 치고 있다만, 너는 도대체 왜 그래?

감정을 다스리거나 표현을 자제하는 유형이 아닌 은호가 결국 입을 연다.

나 아무래도 마흔 살 증후군인 것 같아.

뭐? 마흔 살 증후군? 그런 게 있어?

있겠지, 왜 없겠니. 이렇게 힘든 걸 보면 없을 리가 없어.

해 바뀌어서 마흔 살인 건 맞다만, 왜 힘들어? 그게 도대체 뭔데?

뭔지는 모르겠고, 만사 의기소침하고 허탈하고 그래. 이룬 것도 없고 이룰 것도 없고…….

비로소 알 것 같다. 이런 한심한 녀석 같으니. 내가 목청을 가다듬고 자세를 바로 한 후 바리톤 음색으로 중후하게 노래한다.

이룬 게 왜 없어, 이룰 게 왜 없어. 괴테 님이 말씀하셨지. "시작하라! 그 자체가 천재성이고 힘이며 마력일지니." 기운 내! 여기, 새파랗게 살아서 너를 응원하는 내가 있잖아.

내 노래가 너무 과장되어서일까? 명석이 가소롭다는 듯 피식 웃더니, 나를 무시한 채 은호를 달랜다.

나이 먹으면 먹는 대로 평안히 지내면 돼. 포기할 거 포기하고, 받아들일 거 받아들이고.

명석의 점잔 떠는 말투, 참을 수가 없다. 내가 이번에는 소프라노 톤으로 앙칼지게 소리친다.

야, 잊었어? 장 파울의 명언. "실패한 자가 패배하는 게 아니라 포기한 자가 패배하는 것이다." 뭘 포기하고 뭘 받아들여? 그냥 앞자리 숫자 하나…….

그러나 흥분해서 그런가, 목소리가 떨리고 느닷없이 다리가 꺾인다. 뭔가 할 말이 더 있는데, 쉽게 입 밖으로 나오지 않는다. 이런 증세가 시작된 지는 꽤 오래되었다. 나는 밖으로 뱉을 말을 안으로만 곱씹는다. 평안? 대단히 평안하기도 하겠다. 여직원이 정말로 업무상 질문이 있어서, 아무런 빌미도 없는데 야밤에 그런 문자를 보냈을까……. 머릿속으로 무수한 생각들이 굴러가지만 대놓고 명석에게 말하지는 않는다. 아니, 못한다.

은호가 앞 좌석 등받이에 구멍이라도 내겠다는 듯 한숨을 길게 뱉으며 말한다.

중년이라는 말, 사십 대 아저씨라는 말 나랑 상관없는 줄 알았어. 까마득한 줄만 알았는데, 어느새 성큼 올라서 있더라. 나라에서 갓 마흔 살에 이른 사람들 구제 좀 해줬으면 좋겠다. 직장에서 특별 휴가도 주고 정부 지원금으로 여행도 좀 보내주고.

참을성이 많지 않은 명석이 결국 퉁바리를 놓는다.

말이 되냐? 그러면 서른 살은? 쉰 살은? 인생 육십부터라 믿는 어르신들이 들으면 기함을 하겠다. 그렇게 따지면 우리

민이도 보통 힘든 게 아니다. 갓 열 살 되었는데, 얼마나 힘들겠니.

나는 명석이 마음에 들지 않고 명석은 은호가 마음에 들지 않고 은호는 그냥 세상이 다 싫은 눈치다. 초보 교실 내부가 염화칼슘에 녹은 눈처럼 온통 추적추적하다.

그러나 눅눅하고 추접지근한 공기가 별안간 보송보송하고 깔밋해진다. 왜지? 아직 봄도 아닌데, 이 파릇파릇한 느낌은……. 옳거니, 해설사 때문이다. 푸른 옷을 입은 여인이 들어서자마자 싱그러운 기운이 감돈다.

안녕하세요? 경마 초보 교실에 오신 걸 환영합니다.

체구가 작고 날씬해서 금방이라도 여기저기 재주를 넘고 다닐 듯 날렵해 보이는 해설사가 순식간에 모두의 시선을 사로잡는다.

반갑습니다. 해설을 맡은 아청입니다. 아름답고 푸르다는 뜻의 아청. 기억하셨다가 인스타그램에 올리실 때 해시태그 달아주세요.

아청, 아청이라니, 본명일 리 없겠으나 여자에게 딱 어울린다는 생각이 든다. 상큼하고 발랄해 보이는 단발머리, 촉촉한 캐러멜 같은 피부, 원피스 네크라인 위 도발적으로 솟은 쇄골, 무엇보다 갓 고등학교를 졸업한 듯 어려 보이는 얼굴……. 붙박인 가구 뒤에서 오래 묵은 먼지처럼 의욕이라곤 없어 보이던 은호의 눈이 돌연 반짝인다.

저 여자 예쁘지?

내가 너무 콕 집어서일까, 은호는 부정도 하지 않는다.

참 예쁘다. 건강하고 활력 넘치고…….

은호가, 누군가를 예쁘고 건강하고 활력 넘친다고 여긴 게 얼마 만인지……. 오랜만에 가슴이 두근거린다.

어려도 노련한 게 분명한 해설사가 사람들이 앉은 자리를 한 바퀴 휘, 돌며 말을 건다. 어디서 오셨어요? 어머, 제주요? 말은 제주로, 사람은 서울로, 경마 관람은 과천으로. 잘 오셨습니다. 퀴즈 맞히시고 선물 꼭 받아 가세요. 아청이 우리 곁을 지나가자, 콧구멍이 절로 벌름거린다.

이게 무슨 향이지? 잘 아는 향인데…….

그러게. 굉장히 익숙한데…….

은호와 명석이 향 핑계를 대며 홍그러워진 기분을 만끽한다. 명석이 냉이 향이니 두릅 향이니 촌스러운 소리를 한 반면, 은호는 살구꽃, 진달래꽃 하며 닭살 돋는 소리를 한다. 나물 향이든 꽃 향이든, 덕분에 나는 원기를 회복하기 시작한다. 나갔던 목과 손목과 허리가 일시에 돌아와 제자리에 붙고 등뼈며 어깨가 펴진다. 내가 춤이라도 출 듯 엉덩이를 씰룩거리자 은호와 명석이 당황하며 나를 붙든다. 대출금! 승진! 녀석들의 주문이 겨우 나를 진정시킨다. 그러나 나는 이미 기력을 회복하고 있다. 그간 누군가가 밥숟가락으로 아이스크림 뜨듯 뇌를 도려낸 것 같았는데, 오랜만에 제대로 작동하는 기분이다.

여자는 노련할 뿐만 아니라 똑똑하기도 하다. 마권에 표기를 하거나 앱으로 종목을 선택하는 방법에 대해 막힘없이 설명한다. 경마공원 직원이라는 본분에도 충실하다. 도박은 절대로 안 돼요, 하면서도 편리한 전자 앱을 꼭 이용하라며 사람들의 휴대전화에 기어이 마사회 앱을 설치하게 하기도 한다.

경주마가 한 경기를 치르고 나면 몸무게가 적게는 십 킬로그램, 많게는 이십 킬로그램이 빠져요. 이 분 남짓한 그 짧은 순간에 얼마나 격렬하게 에너지를 쓰는지 아시겠죠?

우리는 말에 대한 애정이 깊은 듯한 해설사의 설명에 귀를 기울인다. 긴장하면 귀가 뒤로 눕는다는 예민한 그 동물들에게 불쑥 애정이 샘솟기도 한다.

초보자는 연승이나 복연승에 도전하는 게 나아요. 자신이 없으시면, 마감 육칠 분 전쯤 전광판에 붉은색으로 표시된 숫자의 수평선과 수직선에 있는 번호에 거세요. 여러 사람이 몰려들 테니 배당금은 적어지겠지만, 실패할 확률은 낮아요.

여자는 현명한 조언을 끝으로 해설을 마친다. 우리는, 지나친 마권 구매는 습관성 경마, 운운하는 경고문이 뜬 화면을 뒤로한 채 경마 교실을 나선다. 해설사가 인형을 나눠 준다. 은호와 명석은 두 개뿐인 인형을 네 명의 아이들에게 어찌 나눠 줄지에 대해서는 아무런 신경도 쓰지 않는다. 나는 은호가 말 인형을 받으면서 해설사를 한 번 더 유심히 보는 걸 놓치지 않는다. 그렇지, 좋아!

아이들은 이미 한 경기를 끝낸 모양이다. 도넛을 먹네, 초코 우유를 먹네 하다가 도넛을 떨어뜨리고 우유를 쏟기도 하며 어린이의 힘을 과시하고 있다.

천 원짜리로 팔백육십 원씩 벌었어. 나쁘지 않지? 나중에 한꺼번에 찾아요.

소미가 명석에게 마권을 넘기며 말한다. 마님의 기분이 풀린 듯 보여 명석의 얼굴도 덩달아 펴진다.

은호가 휴대전화를 들여다보더니 해윤에게 말한다.

진석이 왔대. 나가서 데리고 올게. 여기 넓으니까 못 찾을 거야.

억지 핑계다. 놀라운지는 건물 맨 오른편에 있어서 입구에서 직선으로 걸어오면 바로 보인다. 해윤이 도넛을 넣어 불룩해진 볼을 꿈틀거리며 잔소리한다.

또 담배 피우고 오려는 거지? 진석 씨도 당신도 제발 담배 좀 끊어. 시절이 어느 시절인데…….

해윤이 볼멘소리를 해도 그건 허락을 뜻한다. 명석의 외도라면 몰라도 금연이라면 의심할 게 없다고 여길 소미도 아무 말 하지 않는다. 해윤과 소미가 진석에게만큼은 관대하다는 걸 아는 우리는 기세 좋게 놀라운지를 벗어난다.

경기 전에 말들의 상태를 볼 수 있도록 마련한 패덕paddock 옆에 진석이 서 있다. 은호와 진석은 흡연구역 안에서, 아내의 명령에 담배를 끊은, 이 시대의 위인 중 한 사람인 명석은 흡연구역 밖에서 말들을 구경한다. 눈을 가린 마스크나 눈을 가리지 않은 마스크를 쓴 말들이 조련사와 함께 트랙을 돌고 있다. 곧 원색 계열의 바둑무늬 옷을 입은 기수들이 등장하더니 하나둘 말 위에 올라타기 시작한다. 연필이나 콩테로 그린 듯한 말들과 총천연색 크레파스로 칠한 듯한 기수들이 어색하게 섞인다. 신의 예술품이 함부로 훼손당한 듯한, 자연과 인간이 그다지 아름답지도 공평하지도 않게 엮인 듯한 광경을 보자 괜히 코끝이 찡하다. 내가 코를 팽 풀자, 친구들이 당장 한 걸음씩 발을 옮긴다. 그러나 무의미한 한 걸음일 뿐이다. 어쨌거나 나는 이 멜랑콜리한 분위기가 싫지 않다.

기수들, 진짜 작다.

명석이 말하자, 벌써 노안이 오기 시작한 은호가 실눈을 뜬다.

그러게……. 인형 같다.

그러고 보니 패덕은 인간과 자연이 어우러진 공간이 아니라 요정과 자연이 어우러진 공간 같기도 하다. 가벼워야 말이 잘 달려서 그런 거겠지만 기수들 대부분이 비현실적이리만큼 왜소하다. 아까부터 머리가 좋아지기 시작한 내가 문득 한 장면을 떠올리며 진석에게 말한다.

저기 단발머리 기수……. 그래, 빨강 하양 옷 입은 기수 말이야. 너랑 붙여 놓으면 레옹과 마틸다 같겠다.

오래전 영화 〈레옹〉을 보게 된 건 진석의 집에서였다. 족발을 뜯고 술을 마시며 별 기대 없이 틀어둔 영화가 뜻밖에 시선을 사로잡았다. "사는 게 언제나 이렇게 힘든가요? 아니면 어릴 때만 그런가요?" 소녀의 질문에 대한 킬러의 답. "언제나 그렇지." 우리는 "언제나 그렇지."라는 장 르노의 대사에 울컥하고 말았다. 그리고 연기를 한 나탈리 포트만이 아니라 영화 속 마틸다의 열혈 팬이 되었다.

마틸다 닮지 않았냐?

그 기수를 다시 한번 가리켜도 진석은 내게 눈길조차 주지 않는다. 콧구멍을 쑤시는 고릴라만큼이나 무덤덤한 얼굴이다. 원래도 감정 표현이 인색한 녀석이지만 숫제 모르쇠를 잡으니 살짝 약이 오른다. 하긴 진석은 예전에도 내게 삽삽하게 군 적이 없다. 나 역시 지나치게 말이 없는 그를 싫어했으므로 피장파장이긴 하다.

진석은 과묵하거나 덜 수다스러운 정도가 아니라 꼭 필요한 말마저 거의 하지 않는 녀석이었다. 기실 은호와 명석만이 그가 던지는 단어에 불과한 걸 문장으로 만들어 해석할 수 있는 둘뿐인 친구들이었다. 세 사람은 군대를 다녀오고서 대학 생활을 시작했다는 유대감 때문에 가까워졌는데, 은호와 명석은 지나치게 말이 없어서 연애를 하지 못하는 혹은 해도 금방 실패하는 진석을 자상하게 챙겼다. 진석이 직장에 다니는 대신 홀로 주식 투자를 시작했을 때도 '고독사' 운운하며 불러내기를 멈추지 않았다. 언젠가, 진석을 자식처럼 키운 진석의 삼촌이 어디서 장애 등급이라도 받아야 할 판이라며 친구들만 믿는다고 말했기 때문만은 아니었다. 은호와 명석은, 온통 괄호투성이인 듯한 진석의 태도가 빡빡한 지구 생활에 잠시나마 숨통을 틔워 주는 면이 있다고 말하곤 했다. 진석이 던진 모호한 단어 하나로 맥락을 유추하다 보면 의외로 일상이 푼푼해지기도 한다는 거였다. 그런 면이 없지 않았다. 그러나 두 사람이 진석을 끼고돈 진짜 이유는 일종의 경외감 때문이었다. 은호와 명석은 단순히 해병대를 나온 줄만 알았던 진석이 수색대 출신이란 걸 안 순간부터 찹쌀풀처럼 엉겨 붙었다. 은호와 명석은 진석에게 끝없이 질문을 해대며 상상의 나래를 폈다. 헬기 타봤어? 낙하산도? 줄 타고 암벽도 막 올랐어? 쥐나 뱀도 잡아먹었냐고 묻기까진 하지 않았으나 진석이라면 언제든 그럴 수 있을 것 같다고도 생각했다. 은호와 명석은 답이 없어도, 아니 답이 없을수록 진석을 '진짜 사나이'로 여겼다.

체, 진짜 사나이나 뭐나, 나는 진석이 마음에 들지 않았다. 게다가 지금의 진석은 더는 근사한 근육을 갖고 있지도 않다. 의표를 찌르지도 못하고 좌중을 웃기지도 못하는 허접한 농담 같은 군살이 몸 여기저기 붙었을 뿐이다.

패덕의 말들은 이제 제자리 돌기를 하고 있다. 예민한 정도에 따라 눈, 얼굴, 귀, 몸 등을 가려주어야 한다며 걱정스러운 표정을 짓던 해설사의 얼굴이 떠오른다. 아닌 게 아니라 경주마들은 해변의 모래를 박차고 물방울을 포탄처럼 튀기며 씩씩하게 달리는, 우리가 보편적으로 아는 말의 이미지와는 매우 다르다. 고개를 트랙 안으로 기울인 채 다리를 놀리는 모양이 몹시 초조해 보인다. 나까지 불안이 전염되어서일까 술 생각이 난다. 제일 만만한 은호를 찌른다.

마시자.

은호가 순순히 진석에게 묻는다.

생수병에 옮겨 왔지?

진석은 아무 말도 하지 않는데 우리는 어렵잖게 긍정으로 알아듣는다.

우리는 놀라운지 반대편에 있는 신관 북쪽 입구로 들어선다. 말은 하지 않았으나 은호도 명석도 아내와 아이들로부터 가능한 한 멀어지고 싶은 게 틀림없다. 우리가 간 곳은 해설사가 "요즘은 분위기가 정말 달라졌어요."라며 더는 '경마장'으로 불리지 않는다고 소개한 그런 장소가 아니다. 최소한 공원이 아닌 건 자명하다. 디자인이랄 게 없이 두툼하기만 한 점퍼를 껴입은 수많은 사람이 1층, 2층, 3층, 4층을 무지근하게 장악하고 있다. 돈을 땄을 리 없는 불만 가득한 얼굴, 사냥에 여러 번 실패해 독이 오를 대로 오른 독수리 같은 얼굴, 외수 칠 일만 궁리하는 듯 약아 보이는 얼굴, 갈 곳 없는 막장 인생인 걸 대놓고 드러내는 시르죽은 얼굴 등이 널려 있다. 빈 의자가 있는데도 굳이 계단에 앉아 생이 제대로 바닥에 있는지 점검하려는 듯 경마 소식지를 뒤적이는 사람들도 있다.

무언가를 기대하는 게 무언가를 포기한다는 말과 거의 다르지 않은 듯한 세계다. 우리는 얼마간 겸허해지고 동시에 조금쯤 기운이 솟는 걸 느낀다. 인생사 모두 상대적이어서다. 우리에겐 아직 기대와 포기가 동일한 맥락으로 자리하지 않았으리라 여겨져서다. 적어도 우리는 절대로 계단에 앉지는 않을 것이다. 니코틴과 타르로 꽉꽉 막혔던 혈관이 돌연 무언가로 뚫린 느낌이다. 뜻밖에 진석이 누가 시키지 않았는데도 자진해서 입을 연다.

우리…….

언제나처럼 뒷글자를 먹어버리듯 말했어도 제대로 알아들을 수 있다. 그래, 우리가 여기서 찬란한 이십 대를 보냈지. 그때 우리는 쉽게 기대했다. 자신과의 거리를 상실한 채 확신에 차서 몸을 재게 움직였다. 결과가 좋지 않으면, 새로운 여자를 찾아 헤매는 서사적 바람둥이처럼 미련 없이 다른 걸 시도했다. 일관성을 갖지 않았을 뿐, 포기라는 걸 몰랐다. 그렇게 젊었다.

명석이 아련하게 떠오른 추억이 사라지지 않도록 재빨리 무알콜 맥주를 사 온다. 4층에서 그런 걸 판다는 걸 미리 알려준 건 나다. 우리는 신속하게 맥주를 들이켜 공간을 만들고는 생수병에 든 소주를 붓는다. 비율이 적절한 소맥이 만들어지자 곧바로 잔이 빈다. 놀랍도록 죽이 잘 맞는다. 흥이 난 내가 모두에게 제안한다.

다섯 장씩, 단승식으로 한번 가자.

이번에는 월급이니 용돈이니 하는, 녀석들의 주문이 먹히지 않는다. 내가, 삐져나온 솜처럼 무기력하게 늘어진 은호의 엉덩이를, 살이 빠져 엉뚱하게 보조개가 생겨버린 명석의 엉덩이를, 그리고 신체를 구성하는 물의 양이 근육의 양보다 현저히 많아져 탄력을 잃은 진석의 엉덩이를 세게 두들겼기 때문이다.

은호가 누군가가 버리고 간 경마 소식지를 뒤적인다. 그러나 내가 얼른 그걸 빼앗아 갈가리 찢어버린다. 다들 내 거친 행동에 놀라지만 곧 알았다는 듯 고개를 끄덕인다. 어차피 복불복, 모르고서 가야 하고 몰라야만 갈 수 있다. 말의 기량이나 기수의 전적을 따지다 보면 모든 번호가 가능성 있어 보이고 동시에 없어 보인다. 카드나 화투에서 패를 받는 순간과 흡사하다. 나, 개체, 인간의 의지 따위는 중요하지 않다. 우리의 지난날이 그 증거다. 직장도 결혼도 아파트도 어느 것 하나 '의지'로 된 게 없었다.

아무도 전광판 따위를 보지 않는다. 해설사에겐 미안하지만, 휴대전화에 깔린 앱도 쓰지 않는다. 종이의 촉감, 검은 마커의 직직거리는 소리가 모두를 전율케 한다. 우리는 감각이 시키는 대로, 불확실성이 주는 쾌감에 욕심껏 가슴을 연 채로 구매표를 작성한다. 은호는 3번과 7번 말에, 명석은 3번과 6번 말에, 진석은 3번 말에 올인한다. 자동 발매기로 달려가 모조리 마권으로 바꾼다.

땅, 소리가 나자마자 우리는 경주마가 되기라도 한 듯 야외 관람석으로 달려 나간다. 아까 우리와 완전히 다르다고 여긴, 불만 가득하고 독이 오르고 약아 보이고 시르죽어 있던 사람들도 딱 우리처럼 소리를 지르기 시작한다. 아무도 해피믹스니 스피어건이니 하는 말 이름을 외치며 응원하지 않는다. 달려, 달려! 가자, 가! 선두로 달리던 7번 말은 6번 말에 금방 따라잡히고, 6번 말은 뒷심 없기로 작정한 듯 어이없이 처진다. 두 번째로 달리던 3번 말이 돌연 속력을 낸다. 아아 소리가 순식간에 와와 소리로 바뀐다. 3번 우승! 내가 때맞춰 폭죽을 쏘고 불꽃을 터뜨리자 친구들이 열광한다. 얼싸안고 뛴다. 은호와 명석은 들인 돈을 만회하고도 몇만 원씩을 더 얻는다. 진석은 그들보다 두세 배 더 많은 돈을 딴다.

우리는 다급해진다. 현장 경기가 아닌 전광판 속 부산 경기로 눈을 돌린다. 이번에는 진석이 무알콜 맥주를 사 온다. 은호가 생수병 하나를 더 열어 소주를 골고루 붓는다. 명석이 구매표를 가져온다. 누가 시키지 않는데도 우리는 알아서 제 역할을 한다. 손발이 척척 맞는다. 내가 수탉처럼 가슴을 크게 부풀린 채 외친다.

쌍승! 이번엔 쌍승이야!

1등, 2등 말을 순서대로 맞혀야 하니만큼 승률이 낮은 방식이다. 그러나 자신감을 얻은 우리는 불확실한 세계, 불투명한 미래와 조금 더 겨뤄보고 싶다. 은호가 나를 확 끌어당기더니 어깨동무를 하고는 제대로 내 편을 든다.

이겨서 포켓몬 빵 같은 걸 사 먹고 싶지는 않잖아. 안 그래?

명석이 문자, 여직원, 소미 마님까지 완전히 잊은 듯한 태도로 좋아, 하며 구매표를 나눠 준다. 경기가 시작된다. 불린 미역처럼 흐물거리던 삶이 바른미역처럼 단단하게 오그라든다. 응축된 긴장감이 우리의 처진 눈, 겹이 진 턱살, 가슴까지 차오른 배를 순식간에 정리한다. 그래, 그렇지! 가는 거야! 생각할 게 많아 굼뜨기 그지없던 일상이 아무런 생각도 없고 손가락만 분주한 일순에 의해 저만치 밀려난다. 바른 생활 탐구가 빠른 생활 탐구로 돌변한다.

팔백 미터 경주라, 길게 뺐던 고개를 도로 넣을 새도 없이 말들이 결승선으로 들어온다. 와와, 하는 탄성보다 아아, 하는 탄식 소리가 더 많이 들린다. 은호와 명석의 예측은 죄다 불발이다. 그러나 진석의 베팅은 이번에도 성공한다. 신의한수와 럭키파워가 나란히 1등과 2등으로 들어온 덕에 진석은 순식간에 칠십만 칠천오백 원을 딴다. 내가 가터벨트를 착용한 허벅지를 마음껏 드러내며 캉캉춤을 춘다. 아무도 나를 말리지 않는다.

바깥세상에선 패자가 말이 없으나 여기서는 승자가 말이 없다. 말 많은 패자인 은호와 명석이 제 일처럼 기뻐한다.

주식만 잘하는 줄 알았더니, 경마도 잘하네, 짜식.

잘했다, 잘했어. 물론 오늘 저녁은 네가 쏘는 거고.

진석의 돈이 은호와 명석에게 쓰이는 일은 흔하다. 두 친구가 진석을 이용하거나 사기를 친다는 의미가 아니다. 은호와 명석이 사심 없이 진석을 챙기는 것처럼, 진석 역시 달리 쓸 데도 없는 돈을 기꺼이 쓴다는 뜻일 뿐이다. 같이 우물 파고 혼자 먹는다지만, 진석은 혼자 우물 파고 같이 먹자고 하는 부류다. 바로 그 점이 해윤과 소미 역시 진석을 챙기고 그와 만나는 걸 기꺼워하는 이유이기도 하다.

콧구멍을 쑤시는 고릴라가 아니라 제법 사람의 얼굴이 된 진석이 배당금을 찾으러 간다. 은호와 명석이 진석의 뒷모습을 바라보며 떠들어댄다.

진석이는 옛날에도 경마 운이 꽤 좋았어, 그지?

맞아. 참새 그물에 기러기 걸리곤 한다고, 우리가 엄청 부러워했지.

가마아득한 옛적 일이다. 학생 신분이라 소소하게 푼돈이나 던지던 시절이다. 그래도 그때는 걸면 걸리리라 여겼지, 거나 안 거나 마찬가지라고 여기지는 않았다. 캉캉춤이 아니라 폴댄스를 출 수도 있을 만큼 기력을 회복한 내가 친구들에게 그 시절을 상기시킨다.

이번에는 행운의 일곱 장. 삼쌍승으로 가자. 1, 2, 3등 순서대로 맞히는 거다.

조심성을 거의 잃은 은호가 당장 구매표 한 뭉치를 가져온다. 아직은 현실감을 잃지 않은 명석이 도움을 구하듯 진석을 바라본다. 진석이 딱히 자신은 없는 듯한 태도로 한마디를 던진다.

본전…….

명석이 어리찡찡한 태도로 해석한다.

술은 해장에 망하고, 노름은 본전에 망한다. 그만해야겠지, 진석아?

그러나 은호의 해석은 다르다.

본전 찾아야지, 무슨 소리야?

내가, 주변을 어슬렁거리던 군더더기 인생을 쾅쾅, 발로 밟아 뭉개며 은호를 지지한다.

인생 어차피 한판 도박이야!

너무 크게 소리쳐서일까, 주변에 있던 다른 이들까지 놀라서 우리를 돌아본다.

그래. 우리가 여기 언제 또 와보겠냐?

딱 한 판만 제대로 가는 거다.

진석이 던진 '본전'의 원래 의미는 중요하지 않다. 우리는, 우리 중 누군가가 애원하는 걸 외면한 적 없던 예전으로 돌아가 의기투합한다. 구매표 일곱 장씩을 정성껏 작성한다. 1등 무관심연습, 2등 한강에이스, 3등 자이언트펀치 혹은 1등 원평타운, 2등 아르고공주, 3등 월드킹맨…….

그러나 신이 난 동작은 은호와 명석의 주머니에서 거의 동시에 울린 전화기 진동음으로 멈추고 만다. 두 사람의 얼굴이 폴리머 겔이 든 찜질 팩 굳듯 굳어가기 시작한다. 아내들……. 은호와 명석이 한 살부터 마흔 살까지 꾸준히 향상시킨 불굴의 인내심을 발휘해 끝내 전화를 받지 않자 곧 문자가 뜬다. 빨리 안 와? 죽을래? 은호의 얼굴에 다시 침울한 기운이 서리고 명석의 얼굴도 멍석처럼 푸석푸석해진다. 내가 다급해져서 말한다.

겨우 십 분이야.

여기까지 왔는데 포기하고 싶지 않다. 나는 쐐기를 박아야겠다는 생각으로 속사포처럼 말을 쏟아낸다.

경기 시작 사 분 전이야. 천 미터 경주라 어차피 이 분 내에 경기가 끝날 거야. 에스컬레이터 세 개를 마구 뛰어서 내려가면 일 분쯤 걸려. 건물 이쪽 끝에서 저쪽 끝까지 고작 칠팔백 미터. 백 미터를 십삼 초에 끊은 적도 있는 우리가 지금은 겨우 이십 초의 속력만 낼 수 있다고 해도 삼 분이면 돼. 어쨌든 십 분 내에 도착할 수 있다고!

나는 너무 비장해서 하마터면 다나까체로 말할 뻔한다. 그간 영민함도 다 가시고 추진력도 바닥이 난 줄 알았는데 아니다. 수류탄 투척 훈련 때 안전 클립을 제거하고 핀을 제거하고 멀리 던지기까지, 단 일 초도 흐트러지지 않았던 그 시절의 순발력이 살아난다. 자, 던져!

우리는 생수병 하나를 더 열어 깨끗이 비운다. 명석이 제일 먼저 자동 발매기로 달려간다. 더 빨리 갈 수 있으나 일부러 자제한 듯한 진석이 뒤를 따른다. 은호 역시 쿠션에서 튀어나온 솜 같은 살을 덜렁이며……. 그러나 그가 갑자기 비명을 지르며 넘어지고 만다.

앗!

파란 원피스를 입은 여자가 은호와 한데 엉켜 있다. 그 여자다! 체구가 작고 날렵해서 금방이라도 여기저기 재주를 넘고 다닐 듯 보인 해설사……. 여자는 재주넘기에 실패한 듯 바닥에 나동그라져 있고 그 위로 은호가 엎어져 있다. 저만치 갔던 석 브라더스가 황급히 돌아온다. 전화기, 마권 구매표, 펜, 반짝이는 구슬이 달린 구두, 목걸이 등이 두 사람 주변에 흩어져 있다. 그러나 흩어진 물건보다 말려 올라간 여자의 치마, 흠…… 그러니까 검은 스타킹을 신은 다리가 더 눈에 띈다. 은호가 벌떡 일어선다.

죄…… 죄송합니다.

은호가 서두르느라 뒤에서 오던 여자를 보지 못한 게 분명하다. 내가 은호의 등을 세게 밀자, 은호가 그제야 해설사의 손을 잡아 일으킨다. 여자의 손이 너무 차서일까, 은호가 황급히 잡은 손을 놓는다.

다친 데 없으세요?

은호가 묻자 해설사가 왼쪽 소매를 걷어 올리며 팔뚝을 흘깃 보더니 빙그레 웃는다.

어디 부러진 데는 없는 거 같아요.

벌겋게 부푼 가느다란 팔이 안쓰럽기 그지없다. 진석이 돌연 고릴라 같은 덩치로 막아서지 않았더라면, 나도 모르게 그 팔을 쓰다듬었을지 모른다.

여자가 느닷없이 소리친다.

마권 사시려던 거였죠? 이 분 남았어요. 얼른 사세요.

모두가 퍼뜩 정신을 차린다. 그렇다. 차나 말이 아니라 인간의 충돌 사건일 뿐이다.

서둘러. 시간이 없어.

다시 목표물을 향해 돌진! 다행히 자동 발매기에 구매표를 넣고 결제를 하고 마권을 받아 들기까지 이 분이 채 걸리지 않는다.

해설사가 떨어진 물건들을 수습한 채 우리를 기다리고 있다. 초보 교실에서 맡은 그 향이 난다. 냉이 향, 두릅 향도 아니고 살구꽃, 진달래꽃 향은 더더군다나 아닌 알싸한 향…….
어쩌면 풀이나 나무 향? 나는 숲에서 금방 튀어나온 듯한 푸른 옷의 여자를 요모조모 살핀다. 그런데 왜 우리를 기다린 거지?

아까 초보 교실에 오신 분들 맞죠?

여자가 알은체하자 은호는 삐져나온 솜, 아니 살을 힘주어 말아 넣고, 명석은 멍석 풀 듯 허리를 쭉 편다. 초보 교실에 가지 않은 진석은, 무덤덤한 고릴라가 아니라 콧구멍을 쑤시다가 누군가에게 들키기라도 한 인간의 얼굴이 되어 꿈쩍 놀란다. 은호는 해설사가 손에 들고 있는 목걸이를 가리키며 사과한다.

죄송합니다. 목걸이가 끊어졌나 봐요.

네, 아끼는 건데……. 이 말굽이 행운을 상징하거든요. 뭐, 괜찮아요. 기념품 숍에서 또 사면 되니까.

그러나 말굽 모양 펜던트가 달린 목걸이는 사태를 고분고분 넘길 의사가 없는 모양이다. 무모하리만큼 크게 소리를 지른다. 들었지? 아끼는 거야. 자, 변상할 거야, 어쩔 거야? 돈을 주든지 새걸 사서 주든지.

목걸이가 하는 말을 제대로 알아들은 은호가 말한다.

죄송합니다. 제가 변상할게요.

그러나 은호의 목소리는 갑작스러운 소음으로 묻히고 만다. 말들이 결승선에 가까워진 모양이다. 사람들의 함성이 거세진다. 야, 야, 거, 거……. 우리가 경기장과 전광판을 번갈아 보는 사이, 순식간에 경기가 끝난다. 아아 소리와 와와 소리가 뒤섞여 끓어오르는데, 갑자기 은호와 명석의 휴대전화가 경기를 일으킨 듯 마구 떨린다. 멍석말이로 끝나지 않으리라 직감한 명석이 처절하게 외친다.

우리 뛰어야 해.

은호가 해설사에게 급히 말한다.

목걸이 사서 초보 교실에 맡겨 놓을게요. 죄송합니다, 정말 죄송해요.

우리는, 돈을 잃고 화풀이할 데를 찾는 게 분명한 노인 몇 명으로부터 욕설을 들어 가며 1층으로 내려가, 놀라운지까지 곧장 뛴다. 오가던 사람들이, 검은돈을 끌어다 도박하고서는 검은 무리로부터 도망이라도 치듯 달리고 있는 우리를 구경한다. 뒤늦게 취기가 오른다. 다른 사람들 눈에는 웃기는 광경일 테지만, 우리는 즐겁기 그지없다.

달려! 달리자고!

나는 기수가 말의 갈기를 쓰다듬거나 채찍을 가하듯 녀석들을 고무하거나 채근한다. 은호, 명석이 해들해들 웃고 진석마저 빙그레 미소 짓는다. 견갑골 부근이 그닐거리며 금방이라도 날개가 돋을 것 같다. 이렇게 철없이, 터무니없이 달린 게 얼마 만인지!

우리는 거의 토할 듯한 얼굴로 놀라운지로 들어선다. 술냄새를 풍길까 봐 아내들로부터 적당한 거리를 둔 채 변명을 늘어놓는다. 해윤과 소미는 싸늘하다. 아이들을 맡기고 다음

타임 초보 교실에 참석해 말 인형 두 개를 더 받으려던 계획이 어그러졌기 때문이다. 베팅해서 돈 잃은 걸 언제까지 숨길 수 있을지 자신하지 못하는 명석이 소미에게 알랑거리며 너스레를 떤다.

왜 우리만 여태 경마장에 안 왔나 몰라. 사람들이 다 여기 모여 놀고 있었는데 말이지.

그러나 소미는 명석을 쳐다보지 않은 채 진석을 향해 말한다.

우리 이제 말 박물관에 갈 거예요.

길 때 길 줄 아는 겸허한 습성이 오롯이 살아난 은호와 명석이 아이들 옷을 입히고 각자의 짐을 챙겨주고 간식 가방을 든다.

그런데 우리 결과는? 확인해야지!

분위기가 식어 서운한 내가 행짜라도 부릴 작정으로 그들 앞을 막아선다. 그러나 녀석들은 나를 휙 밀쳐내고는 흘깃 전광판을 바라볼 뿐이다.

삼쌍승은 역시 무리였어.

명석이 낮은 소리로 은호에게 속삭이며 진석을 바라본다. 진석은 아무 말 하지 않았으나 은호와 명석은 찰떡같이 알아듣는다. 이번에는 진석도 잃었다.

돌연 진석이, 은호가 쓸데없이 들고 온 쓸데없이 크기만 한 돗자리 하나를 묵묵히 들다가 입을 뗀다.

탄…….

은호와 명석이 전광판을 재차 확인한다.

탄이라니? 타이탄이라는 말은 없었는데?

말 탔다는 말이야? 기수들이 말을 타긴 했지.

진석이 고개를 가로젓는다. 그러나 은호와 명석은 고민하고 해석할 여유가 없다. 탄이라……. 진석이 이유 없이 말을 뱉을 인간은 아닌데……. 나 역시 안간힘을 써서 추측해 보려 하지만 이상하게 멍하기만 하다. 진석은 다른 힌트를 더 주지 않은 채 무뚝뚝한 고릴라로 돌아가고 만다.

규모가 작은 말 박물관은 한산하다. 해윤과 소미가 쉬는 동안, 은호와 명석이 최선을 다해 아빠 노릇을 한다. 말 사진이 걸린 벽을 따라 아이들 손을 잡고 돈 후, 전시된 말 장신구에 대해 자세히 설명한다. 체험용으로 설치한 말안장에 아이들을 올리고서 아내들의 기분이 풀릴 때까지 사진을 찍어주기도 한다. 마침내 아빠들과 아이들은 종이 말 인형을 만드는 테이블에 다다른다. 만족할 만큼 에너지를 쓴 아이들이 색칠하기에 몰입하자 비로소 아내들도 구겨진 얼굴을 편다.

기회를 틈타 내가 은호에게 상기시킨다.

너 목걸이 사기로 했잖아?

은호가 아, 하더니 모두를 바라본다. 여자를 떠올리자, 다시금 마음이 달뜬다. 은호의 충돌 사건은 단지 은호만의 일이 아니다. 명석이 소미 몰래 진석을 쿡 찌르자 눈치가 없지는 않은 진석이 입을 뗀다.

화장실…….

은호가 얼른 그걸 받는다.

화장실 가고 싶다고? 이 건물엔 없는데……. 아까 가지 그랬냐. 놀라운지 바로 앞에 있었는데.

그러나 그다지 먹히는 전략이 아니다. 해윤이 잘 삶은 가지처럼 파근파근한 말투로 "설마 화장실도 다 같이 가려는 건 아니지? 담배는 더는 안 돼." 했기 때문이다. 필요할 때면 꽤 명석해지기도 하는 명석이 기지를 발휘한다.

애들 말 인형, 놀라운지에서 팔 거야. 우리가 가서 사 올게.

이미 아이들이 싸우는 걸 말리고 간신히 달래기를 끝낸 소미가 됐어, 했으나 이번에는 아이들이 돕는다.

하얀 말 갖고 싶어요. 아까 봤어. 다른 애들이 가지고 있는 거.

아빠, 나도. 나도 흰말. 갈색 말 싫어.

우리는 당당하게 박물관을 나선다. 시간이 얼마나 걸릴지 몰라 뛰다시피 걷는다. 그러나 당연히 있으리라 여긴 기념품 가게가 없다. 놀라운지에 있는 직원이 답한다.

여기 매장은 이제 없어졌어요. 제주 경마공원에는 있는

데…….

제주라고? 목걸이 하나를 사러 제주까지 갈 수는 없는 노릇이다. 은호가 얼마간 겸연쩍어하며 묻는다.

말발굽 모양 펜던트가 달린 목걸이였는데, 어디서 구할 수 없을까요?

직원이 우리를 위아래로 훑는 게 느껴진다. 턱살도 늘어지고 배도 나오고 머리카락도 성긴 우리를 함부로, 빠르게, 근거가 있는 우월감에 찬 눈으로…….

글쎄요. 제주 경마공원에 문의해 보세요.

직원이 올 풀린 스타킹을 던져 버리는 듯한 태도로 전화번호가 적힌 쪽지를 내민다. 휙! 휴지통에 버려진 스타킹 같은 처지가 된 우리는 눈빛을 교환한다. 어쩌지? 어쩔 수 없지 뭐. 그래도……. 맞다. 이름이 아청이랬지? 은호가 쪽지 뒷면에 무언가를 적어 직원에게 공손히 건네며 부탁한다. 목걸이 수선 비용이나 구매 비용을 알려주면 입금하겠다는 지극히 건전한 내용과 함께 은호의 연락처가 적혀 있다.

우리는 놀라운지를 벗어난다. 명석이 가살스레 히죽거린다.

전화번호 줬다가 뭔 일 나는 거 아냐?

야, 봐라, 봐. 뭔 일 나려야 날 수가 없는 이 방탄 몸매를 좀 보라고.

은호가 자조 섞인 멘트를 날리지만, 목소리에 묻은 홍분을 감출 수 없다. 탤런트를 해도 될 비주얼이라고 추켜세워지던 언젠가를 떠올리기라도 한 걸까. 인공 트랙이 아니라 초원을 달리는 말처럼 생기가 넘친다.

우리는 씩씩하게 말 박물관으로 향한다. 그러나 아내 무서운 줄 잊지 않은 명석이 흰말, 했으므로 도로 라운지로 돌아간다. 직원은 이제 대놓고 우리가 지겹다는 걸 알리며 말 인형을 그냥 주지도, 팔지도 않는다고 못 박는다. 우리는 백 미터를 십삼 초에 끊은 예전 실력을 끌어올려 박물관으로 질주한다.

우리는 갖가지 이유로 칭얼대는 아이들을 달래고서 해윤이 예약한 레스토랑으로 향한다. 근처에 자리 잡은 맛집 중 가장 평점이 높은 핫 플레이스라는데, 사실 어린이들이 좋아할 만한 곳은 아니지 싶다. 유럽풍 성처럼 지어진 건물 앞에 다다르자 해윤이 아이들에게 당부한다.

조용히, 얌전히 잘 먹고 나면 게임 시켜 줄 거야. 알겠지?

마시던 소맥이나 더 마셨으면 했던 우리로서는 썩 내키지 않는 곳이지만, 군소리를 더하지 않는다. 술이야 소주면 어떻고 와인이면 어떠랴. 가뜩이나 밉보인 게 많은 상황이기도 하거니와 술을 더 마시고 운전대를 대리 기사에게 맡길 생각이기에 다들 조신하게 굴기로 한다. 마지막엔 결국 크게 한 소리를 듣고야 말겠으나, 그건 그때 일이라 생각한다. 우리는 대체로 용감해져 있다.

1층 주차장을 거쳐 계단으로 올라가다 보니 마음도 붕 떠서 같이 올라간다. 묵직해 보이는 철제 난간도 멋있고, 곳곳에 펄럭이는 이탈리아 국기마저 정겹다. 해윤의 말마따나 이런 분위기 있는 레스토랑에 온 게 얼마 만인가 싶다. 일곱 개의 병든 목뼈가 건강한 C자형으로 구부러지는 듯하고, 척추 추간판 사이에서 말라갔던 수핵이 탄력을 회복하며 탱글탱글해지는 듯하다. 은호는 마흔 살 증후군에서 마흔 걸음쯤 멀어진 듯 씨엉씨엉 걷고, 명석은 '주무세요?'의 이면을 상상하기라도 한 듯 시물새물 웃는다. 예나 지금이나 도무지 수선스러운 데가 없는 진석마저 제대하던 그날처럼 들떠 보이는데…….

직원이 "어른 다섯, 아이 넷, 모두 아홉 분이시죠?"라며 안내한 곳은 긴 타원형 테이블이 양쪽에 하나씩 놓인 단체석이다. 동굴처럼 아늑하게 들어간 공간이며 돋을새김이 돋보이는 의자, 풍경화를 담은 고풍스러운 액자 등이 우리를 반긴다. 비어 있는 두 테이블 중 조금 더 넓은 왼쪽이 우리 자리다.

착하게 굴면 휴대전화로 게임을 하게 될 아이들과 그로 인해 평화를 얻을 어른들이 옷을 벗고 가방을 걸고 의자에 앉는다. 이제 대놓고 대범해진 은호가 메뉴판의 와인 하나를 가리킨다.

하우스 와인 특가래. 딱 한 잔씩, 맛만 보자.

절대로 한 잔으로 끝내지 않을 작정인 명석이 마님이면 어쩔 건데, 하는 태도로 소미에게 말한다.

혀만 담글게. 정말이야.

계속 샐쭉할 작정인 듯한 소미는 대꾸하지 않으나 해윤은 기왕 기분 내서 온 음식점이니 와인도 맛보자며 환영한다.

와인이 먼저 놓이고, 피자며 파스타, 리소토 등이 차례로 나온다. 얌전하기로 한 약속을 지킬 리 없는 아이들이 아티초크를 골라내며 먹으려다 혼이 나고 펜네를 보자 떡볶이가 먹고 싶다며 한참 칭얼댄 후, 마침내 휴대전화에 코를 박는다. 한숨 돌린 어른들은 결코 한 병으로 끝날 리 없는 와인을 본격적으로 들이켜기 시작한다. 그사이 옆자리에도 네댓 명의 사람들이 자리를 차지하고 앉았다.

벽에 걸린 베네치아 가면이 우리를 응시하고, 촛불 모양 조명의 일렁이는 빛이 볼을 달구는 동안 네 병의 와인이 바닥을 드러낸다. 돌연 나는 콧날이 시큰하다. 내가 어쩐지 바닥 가두리에 둥글게 남은 와인 같아서다. 찐득하니 눌어붙어 병을 기울여도 조르르 한 방울 흐르다 말 것 같은 술 같아서다.

나처럼 조금은 감상적이 되었을 명석이 호기롭게 제안한

다. 우리 딱 한 병만 더 시키자. 그때 예의 알싸한, 풀인 듯도 나무인 듯도 한 향이 우리가 앉은 공간으로 퍼진다.

여기서 또 뵙네요. 뒷모습 보고 긴가민가했어요.

우리 자리, 그러니까 정확히는 은호의 뒤로 바싹 다가와 말을 던진 사람은 말굽 목걸이의 주인, 아청 해설사다. 뜻밖에 진석이 이번에는 모두가 알아들을 만큼 또렷하게 말한다.

미탄.

나는 불현듯 아까 진석이 말한 '탄'이 미탄이었다는 사실을 깨닫는다. 정신이 번쩍 든다. '미탄'은 바로 그 미탄이다. 세상에나, 비로소……. 은호와 명석 역시 제대로 기억해 낸 게 분명하다. 그래, 맞아. 그 미탄. 어째서 이제야 떠올린 거지?

미탄은 우리가 진석의 집에 드나들다가 진석의 삼촌이 경영하는 베트남 식당 '사이공'에서 일하게 되었을 때 만난 여자다. 방학이니 일도 하고 돈도 벌며 건실한 청년으로 거듭나겠다던 우리의 결심은, 삼촌이 가까스로 구했다는 주방 보조 미탄으로 인해 속절없이 무너지고 말았다. 명석은 미탄이 냅킨으로 토끼를 접는 걸 본 순간 사랑에 빠졌다고 했고, 은호는 미탄이 부화 직전의 오리알, 그러니까 다분히 엽기적일 수 있는 홋빗론Hột Vịt Lộn을 맛있게 먹는 모습을 보고 반했다고 했다. 속을 드러내지 않는 진석마저 '당신 예쁘다.'라는 뜻의 베트남어 반뎁Bạn đẹp을 어디선가 배워 와 탄성처럼 뱉어냈을 정도였으니……. 미탄에게서는 늘 풀이나 나무처럼 알싸한 향기가 났다. 우리는 어떻게든 미탄과 가까워지려고 혈안이 되었고 일도 돈도 뒷전인 채 그녀를 쫓아다녔다. 체구가 작고 날씬해서 금방이라도 여기저기 재주를 넘고 다닐 듯 날렵해 보이는 미탄은 낯선 땅에서 일하는 외국인답지 않게 우리를 잘 다루었다. 단발머리를 찰랑거리며 몸에 딱 붙는 아오자이를 입고서 요염하게 주방과 홀을 오가던 미탄이 '오빠'라고만 불러도 우리는 당장 등을 굽히고 무릎을 꿇었다. 한국을 소개하고 영화를 보여주고 밥을 사주었다. 경마장에 처음 발을 디딘 것도, 고향에서 투계를 즐겨 관람했다는 미탄이 졸라서였다. 오리도 사랑하고 닭도 사랑하지만 오리알도 잘 먹고 투계도 즐기는 미탄과 함께인 게 마냥 행복하기만 했다. "미, 탄. 아름답다, 푸르다." 어느 날 미탄은 서툰 한국말로 제 이름을 풀이하고서 느닷없이 본국으로 돌아갔다. 그렇다. 마틸다를 보면서 무의식중에 미탄을 떠올렸을 우리는 그래서, 뜻이 같은 이름을 가진, 비슷한 향기가 나는 젊은 여인에게 설렜던 거다.

아…… 또 뵙네요.

아름답고 푸른 설렘 한 자락에 제대로 휘감겼을 은호가 궁싯거리며 일어선다. 은호의 얼굴이 붉은 것은 필시 와인 때문이었을 테지만 도무지 와인 때문인 걸로 보이지 않는다. 해윤과 소미는, 글씨가 가로로 적힌 편지의 세로 부분 반 장만 받아 든 듯 몹시 궁금한 얼굴이다.

메모 잘 받았습니다. 목걸이는 신경 쓰지 않으셔도 돼요.

아청 해설사는 메모, 목걸이, 신경 등의 단어가 연발탄처럼 발사되어 은호에게, 아울러 해윤에게, 나아가 우리 모두에게 박히고 있는 걸 정녕 모르는 걸까. 예전의 미탄과 똑같다. 근심 하나 없이 엄마 배 위에 드러누운 새끼 해달처럼 천진하고 해맑다.

네에……. 알겠습니다.

은호의 대답에 여자가 고개를 까딱하고는 자리로 돌아간다. 명석이 다급하게 와인 한 병을 더 주문한다. 지은 죄가 없을 리 없는 은호를 두고 해윤의 눈초리 잔주름이 깊어진다. 우리는 해명한다. 충분히 오해를 풀 수 있도록, 가능한 한 대수롭잖게 상황을 설명하려 애쓴다. 물론 은호와 명석은 용돈의 팔분의 일이나 십분의 일이 되는 돈을 날렸다는 사실만은 끝까지 밝히지 않는다. 그냥 구경 삼아 신관에 들렀다가 해설사와 부딪혔고 목걸이를 망가뜨리게 했다고만 말한다.

말굽 모양 목걸이라고? 어떻게 생겼는데?

소미는 뜻밖에 목걸이에 관심이 생긴 모양이다. 진이 빠진 은호와 명석을 대신해, 진석이 제 휴대전화를 열어 큐빅이 박힌 말굽 목걸이 사진을 보여준다. 해설사가 가진 기념품 목걸이와는 비교도 되지 않게 가격이 비싼 것들만 뜬다.

어머, 예쁘다.

이게 행운을 준다는 말이지?

우리는, 그러니까 진석마저 크게 고개를 끄덕인다.

은호와 명석이 결국 해윤과 소미에게 목걸이를 사주기로 하면서 자리는 활기를 되찾는다. 명석이, 공돈이 생긴 진석이 식사비를 낼 거라고 전하자 분위기는 더 고조된다. 그러나 우리는 분위기가 고조된 우리 자리보다 옆자리에 자꾸 관심이 간다. 친구들 혹은 동료들과 함께 온 것으로 보이는 해설사가 특유의 자신감 넘치는 목소리로 말할 때마다 귀가 쫑긋 선다. 말 등을 토닥거리며 응원하고 고무하는 듯한 다정한 음성이 샘물처럼 졸졸 흘러 우리 자리까지 이른다. 우리는 흠뻑 젖는다.

은호의 볼은 간 해독력이 떨어지는 사람이 흔히 그렇듯 이제 붉은 기가 가시고 하얘져 있다. 붉은 볼 말고 흰 볼, 내가 낄낄거리며 은호를 놀리자 명석이 마흔 살, 경주마처럼 씩씩하게 잘 가고 있다며 껄껄댄다. 평소 취했는지 말았는지 티가 나지 않고, 실제로 잘 취하지도 않는 진석마저 오랜만에 풀어진 모습이다. 금방이라도 인애를 베풀 태세인 보노보처럼 상냥한 눈빛을 하고 있다.

거기까지였으면 좋았을 것을……. 정말이지 딱 거기까지

면 좋았을 텐데도 우리 자리는 결국 그렇게 다 좋은 상태로 화기애애하게 끝나지 못한다. 미리 강조하지만 그게 내 탓은 아니다. 나 역시 피해자일 뿐이다. 내가 은호를 잡아끈 게 아니라 은호가 나를 잡아끌었으니까.

이런 일이 일어난다. 새로 주문한 와인을 혼자 다 마시다시피 한 은호가 갑자기 자리에서 벌떡 일어나더니 아청에게 다가간다. 제아무리 지음知音에 이른 친구라 해도 명석과 진석은 은호가 무얼 하려는지 감조차 잡지 못한다. 그리고 다음에 일어난 일은…….

은호가, 그러니까 실은 내가 느닷없이 앉아 있는 아청의 머리에 입술을 댄다. 친구가 친구에게 하는 것이나 어버이가 자식에게 하는 것과는 전혀 다른 입맞춤……. 누가 말리고 붙들고 할 틈도 없이 순식간에 그렇게 한다. 은호는 이 초 혹은 삼초에 불과한 동안 온전히 나와 하나가 된다. 경건하고 순수하고 아름다웠던 시절, 기대와 포기가 결코 동일한 맥락으로 자리하지 않았던 시절에 한올진 실처럼 나와 함께였던 그 은호가 된다. 이삼 초에 불과한 짧은 순간 은호의 뱃살은, 그러니까 내 뱃살은 더는 출렁거리지 않고 탄탄하게 올라붙고, 허물어진 얼굴은 잠시 팽팽해졌을지 모르겠다. 어쨌거나 기이한 건 아청이다. 여자는 나를 밀치지도, 소리를 지르지도 않은 채 그저 가만히 있다. 일동 정지!

폭탄 사이클론의 기습을 받은 듯 쾅 혹은 꽝, 얼어붙은 자리를 수습한 건 은호 본인이나 명석, 진석이 아니다. 물먹은 가지처럼 퍼져 있던 해윤이 돌연 물 찬 제비처럼 날아와 내 옆구리를 꼬집는다. 그냥 꼬집는 게 아니다. 적은 힘으로 어찌하면 최대의 타격을 줄 수 있는지 잘 아는 포동포동한 손이 살점을 잡아 비틀더니 당긴다. 해윤은, 눈이 툭 튀어나오고 턱이 쑥 빠진 나를 발로 힘껏 차기까지 한다. 그러더니 곧 연신 고개를 숙이며 해설사에게 사과한다.

죄송합니다. 남편이 많이 취했어요. 정말 죄송해요.

해윤에게 녹아웃을 당한 죄인은 곧 명석과 진석에게 넘겨진다. 진석이 우람한 팔로 은호를 번쩍 들어 밖으로 나간다. 삼십 킬로그램짜리 포탄을 쉴 새 없이 장전하고 상륙용 고무보트를 머리에 이고 달리며 단련된 적 있던, 그러나 그 사실을 거의 잊은 근육들이 간신히 옛 전투력을 회복하며 실핏줄을 부풀린다. 명석이 아아, 으으, 신음하며 뒤를 따르고……. 만신창이가 된 나도 그들과 함께 쓸려 나간다.

봄이 오는 걸 막으려는 심술궂은 바람이 차례로 우리 뺨을 때린다. 술기운이 속절없이 날아간다. 진석이 은호를 내려놓자마자 명석이 기다렸다는 듯 지청구를 늘어놓는다.

야, 너 단순히 마흔 살 증후군을 앓는 게 아니라 마흔 살바이러스 같은 거에 감염된 거지? 어쩌자고 그랬어, 어쩌자고…….

은호가 물에 젖은 솜처럼 철퍼덕 소리를 내며 주저앉는다. 진석이 담배에 불을 붙여 은호에게 물려 주고 다시 새 담배에 불을 붙이는데, 명석이 그걸 얼른 빼앗아 제가 피운다. 세 친구의 입에서 뻑뻑, 연기가 나온다. 눌린 비스킷처럼 뭉그러진 나는 다시 한번 그들을 자극하고 부추기려고 안간힘을 쓴다. 아첨하고 애교를 떨고, 안 되면 자존심을 긁거나 협박도 하려 한다. 이제 겨우 마흔 살이잖아. 겁쟁이들, 비겁한 아저씨들! 그렇게 몸 사리다가 인생이 끝날 거야. 끝나는 줄도 모르고 끝나고야 말 거라고! 그러나 말은 속에서만 맴돌 뿐 어찌해도 밖으로 터지지 않는다. 죽을힘을 다해 내가 뱉은 말은 겨우 한 단어다.

우리…….

순간 진석의 다부진 손과 명석의 희멀건 손이 나를 누르고 쥐어짜기 시작한다. 은호까지 가세해 내 입을 틀어막는다. 손발이 오그라들고 오장육부가 녹는다. 나는 점점 가늘어지고 작아진다. 아아…….

아이들과 아내들이 나온다. 순식간에 멍석으로 돌아간 명석이 마님의 가방을 받아 들고 막내를 업고 대리 기사를 부른다. 은호가 한때는 미탄처럼, 아청처럼, 가량가량했던 몸매를 자랑한 바 있는 해윤을 뒤쫓아 허정허정 걷는다. 고개가 꺾인 채 침을 흘리며 늘어져 있는 나를 두고 친구들이 멀어져 간다. 간다, 그렇게 간다. 진석이 얼핏 고개를 돌리는가 싶더니 어색하게 한 손을 올리고는 말한다. 웬일로 두 단어다.

안녕, 우리…….

그러나 아름답고 푸른 나, 청춘은 그걸 작별 인사로 받을 생각이 없다. 스러질 생각이 없다. 언제든 다시 인사할 것이다. 안녕, 우리…….

혹돔을 모십니다

레이의 첫인상은 딱 혹돔이었다. 애써 부조화를 추구하려는 듯 툭 튀어나온 이마며 듬성듬성 성기게 난 불량한 치아 상태가 혹돔과 똑같았다. 머리가 커 상대적으로 몸이 말라 보이는 점도 비슷했다. 아닌 게 아니라 쭈뼛거리고 선 레이의 뒤편 수족관에서, 얼마를 살았는지 아무도 모르는 검붉은 혹돔이 흐느적거리고 있었다.

사장님이 새 식구래. 이름은 레이.

형묵이 언제나처럼 단어를 아껴가며 던진 말에 보승이 건방진 질문을 더했다.

몇 살이야?

설핏 봐도 저보다 나이가 많을 듯한 레이라는 인물에게 나이를 떠나 서열이라는 게 있다는 걸 못 박고 싶어서였다. 레이는 가만히 있었다. 눈치 빠른 보승은 레이가 제가 던진 반말이 기분 나쁘거나 무언가 험악한 분위기를 풍기려고 입을 닫고 있는 게 아니라는 걸 눈치챘다. 그를 더 자극해 보려고 몸을 비스듬히 기울인 채 얼굴을 가까이 댔다. 레이가 하품을 하다가 턱이 빠진 사람처럼, 그러나 이전에 그런 경험이 전혀 없지는 않은 사람처럼 입을 벌린 채 뒷걸음질했다. 보승은 레이가 '요령껏' 당황할 줄 안다고 여겼다.

구구절절 덧붙이기 싫어하는 형묵이 마지못한 듯 한마디를 더했다.

외국에서 오래 살았대. 한국말 모른단다.

뭐, 외국? 말도 못 하고 알아듣지도 못하고?

형묵이 고개를 끄덕였다.

그럼 어떻게 일해, 여기서?

보승이 여기라 가리킨 곳은, 세 젊은이가 하루 열 시간 가까이 일해도 주문이 밀리는, 수산시장에서 굴지의 매출 신화를 이룬 곳 중 하나인 양양수산이다. 보승은 호기심 많은 문어처럼 촉수를 뻗어 레이라는 인물을 파악하려 애썼다. 끝말잇기를 하듯 말에 말을 더해 알알샅샅이 상황을 파악해야 직성이 풀리는 그였다. 보승은 분명 한국인의 얼굴을 한 레이가 어떻게 살다 왔기에 한국말을 모르는지, 외국에서 오래 살았다면서 왜 돌아온 건지, 사장과는 어쩌다 알게 되었는지, 나이는 몇 살인지 등을 죄다 알고 싶었다. 그러나 한국말을 하지도 못하고 알아듣지도 못한다지 않는가! 보승이 형묵에게 볼멘소리라도 하려는데, 사정을 미루어 짐작하기라도 한 듯 은율로부터 메시지가 도착했다. '아기 때 어머니가 인도로 데려가서 쭉 거기 살았다나 봐. 이 년 전에 어머니가 돌아가셔서 아버지가 있는 한국으로 다시 왔대. 나 출근할 때까지 사이좋게, 잘 가르쳐가며 일해 봐!'

은율은 다리 부상으로 한 달째 쉬고 있는 양양수산 사장의 딸이다. 일손이 모자란 주말이나 명절, 연말에만 나오던 그녀가 횟집을 통째로 관리하게 된 건 사장의 대퇴골 골절이 뜻밖에 심각해서였다. 사장은 일 킬로그램에 이십만 원을 호가하는, 그러나 양식이 불가능해 구하기마저 쉽지 않은 귀한 붉바리가 배를 뒤집는 걸 보고서 황급히 아래쪽 수족관을 딛고 올라서려다 미끄러지고 말았다.

형묵이 레이를 손짓으로 불렀다. 냉동고 아래 칸에 있는 아이스팩들을 모두 꺼내 바구니로 옮기고 냉동고로 다시 넣게 하려는 모양이었다. 다들 바빠서 며칠째 말만 주고받던 일이었다.

자, 봐. 이렇게, 이렇게.

형묵이 쪼그려 앉아 이리저리 손을 놀렸다. 누구에게도 거

쿨지게 표현하는 법 없는 그가 모처럼 보인 뜨거운 손짓이었다. 그러나 레이는 물메기처럼 멍때리는 눈을 하고서 가만히 있었다. 형묵과 달리, 생이 뜨겁거나 차갑거나 둘 중 하나라고 여기는 보승이 나섰다. 앉으라고 손짓하자 레이가 천천히 몸을 접었다. 골판지 접히듯 뻣뻣했다.

요것들이 울퉁불퉁 얼어서 자꾸 미끄러지는 통에 문 닫기가 어렵단 말이지. 슬리퍼리……. 슬리퍼리 알지? 바구니에 넣어서, 그러니까 인 더 박스……. 바스킷인가……. 암튼 냉동고에 다시 넣으라고. 백…… 클로즈. 어때? 어렵지 않지?

보승이 어설픈 영어까지 섞은 건, 요즘은 시장이든 어디든 영어면 다 먹힌다는 사장의 말을 떠올려서였다. 게다가 인도라면, 영어쯤은 알아듣지 않겠나 싶어서였다. 그러나 레이는 여전히 묵묵무언, 영어는커녕 보승의 몸짓마저 도무지 알아듣지 못하겠다는 표정이었다.

마침 모수가 잘생긴 얼굴에 어울리지 않는, 어수선한 상태로 횟집으로 들어섰다. 바지에서 삐져나온 셔츠, 기이하게 한쪽이 들뜬 뒷머리, 손가방이며 휴대전화, 오토바이 열쇠 등을 모아 쥔 손 등이 산만하게 가게를 휘저었다. 그러나 보승은 생사고락을 함께한 전우 대하듯 모수를 반겼다.

어휴, 형. 나 미쳐. 오늘부터 우리랑 일한다는데 한국말을 하지 못해. 알아듣지도 못하고.

보승은, 보호나 존중이 '통제'의 다른 이름이기도 하다는 사실을 막 간파한 사회 초년생처럼 푸념을 늘어놓을 태세였다. 그러나 모수는 앞치마를 탁 소리 나게 펼쳐 두를 뿐, 눈길조차 주지 않았다. 모수의 기분이 좋지 않다는 신호였고, 따라서 보승의 수다를 사양하겠다는 뜻이었다. 이전에 보승은 그걸 무시하고 쫑알대다가 모수에게 되게, 그러니까 진짜 주먹으로 배를 맞은 적이 있었다. 모수의 기분은 대개 사귀고 있는 사람의 상태에 따라 오르락내리락했는데 최근에, 아마도 간밤에 만난 여자와 무언가가 또 틀어진 모양이었다. 보승은 입을 다물었고, 그 때문에 가슴이 더 답답해졌다. 방언의 은사라도 입어 당장 인도말을 깨쳤으면 싶었다. 보승은 보육원에 살 때 방언으로 불어를 할 줄 알게 되었다는 생활 지도원을 만난 적 있었다.

사람 봐가면서, 즉 대상을 차별하며 늘기도 줄기도 하는 시간이 레이를 제외한 세 사람에게 빠르게 흘렀다. 새벽에 이미 도매 시장을 돌고 온 형묵은 수족관이며 물고기 상태를 세심하게 점검했고 오늘의 하이라이트가 될 돗돔의 기본 손질까지 마쳤으며, 보승은 열심히 레이를 곁눈질하면서도 백여 개의 스티로폼 그릇에 천사채를 깔았고 틈틈이 지나가는 손님들을 잡았다. 일할 기분이 아닌 걸 억지로 눌렀을 모수 역시 비리비리한 생선들만 먼저 골라 회를 뜨고 '착한 가격표'까지 야무지게 붙여 놓았다.

열한 시, 커피 타임이 되자 온당한 땀을 흘린 세 젊은이는 자부심으로 살짝 충만한 기분이었다. 레이만이 그렇지 않은 듯했다. 아니, 그럴 리가 없었다. 보승이 보기에 레이는 자부심 따위 알지도 못하고 관심도 없는 것 같았다. 기실 그사이 그가 한 일이라곤 아이스팩 정리밖에 없었다. 레이는 보승이 익히 짐작한 바대로 행동이 굼떴고 일머리가 없었다. 아이스팩을 바구니에 척척 넣어 냉동고 문을 탁 닫기만 하면 되는 그 간단한 일을 하면서도 여러 번 손을 멈추었다. 팩을 가로로 넣었다가 다시 쏟아붓고는 세로로 넣기도 했다. 손짓발짓으로 레이에게 커피 타는 법을 가르치려다 저도 모르게 어릴 때 쓰던 욕까지 뱉을 뻔한 보승이 고시랑댔다.

아니 뭐, 말은 안 통해도 머리는 있어야 하는 거 아냐?

…….

저를 두고 하는 말인지조차 모르는 듯 레이는 보승이 숟가락을 넣어 휘, 젓는 중인 커피 컵에만 눈길을 주고 있었다. 언제쯤 커피가 올지, 제게도 오기는 올지 가늠하는 듯했다.

사장님은 도대체 왜 이런 얼뜨기를 보낸 거야? 쟤 때문에 일이 줄기는커녕 오히려 늘었잖아.

보승이 동의를 구하듯 형묵과 모수의 시선을 좇았다. 양양수산에서 일한 지 이제 여덟 달째인 보승은, 사장의 느닷없고 기이한 '식구 영입'에 대해 아는 바가 없었다. '식구'는 사장이 잘 쓰는 단어였다. 기실 가게에서 일한 지 육 년째인 형묵과 삼 년째인 모수는 사장이 누군가를 데려오고 일을 시키고 월급을 주고 진구렁에 빠지는 걸 익히 보아 알고 있었다. 사장이 이전과 비슷한 위험을 감수하며 보승 역시 데려왔다는 걸 모르는 사람은 사실 보승밖에 없었다. 형묵과 모수는 말없이 커피만 마셨다.

보승이 도리 없다는 듯 종이컵을 레이에게 건넸다. 레이가 빼앗다시피 커피를 받아 들더니 후룩 쩝쩝, 달게 마셨다. 모수가 뜨거울 텐데, 하며 걱정한 게 무색하게도 금방 컵을 비우고는 빈 종이컵을 거꾸로 들어 남은 방울까지 게걸스레 핥았다. 기이하게 처량한 느낌이 들어 다들 어리둥절했다.

안녕?

은율이 설뚱한 분위기를 헤치며 들어섰다.

돗돔 잘 있지? 형묵 삼촌, 이 킬로짜리 두 개, 삼 킬로짜리 두 개 얼른 포장해 주세요.

새벽 시장에 활기를 불러일으키며 등장한 거대 돗돔의 사분의 일을 확보한 형묵이 데바 칼을 챙기며 고개를 끄덕였다. 백이십 킬로그램짜리 거대 돗돔은 킬로그램당 십만 원은 받을 수 있었다. 출근 전에 이미 단골들에게 두루 메시지를 돌린 은율은 배달과 예약 건을 얼추 해결했다며 좋아했다. 평소 상완근, 전완근 등을 고루 발달시키며 근력을 기른 형묵이 삼십 킬로그램에 육박하는 생선을 도마 위에 올렸다. 은율이 흐뭇해하며 형묵의 어깨를 두드렸다.

흠, 훌륭하네. 특수 부위 골고루 챙겨주고. 알죠?

훌륭하다는 건 물론 돗돔을 두고 하는 말이었지만 형묵은 저 자신과 생선에 대한 칭찬을 구분하지 못하는 듯 보였다. 얼굴이 빨개진 채 횟감을 손질하기 시작했다.

모두가 형묵의 도마 주위로 몰려들었다.

와, 기름이 좔좔 흐르네. 얘가 전설의 그 돗돔이구나?

보승은 익히 안다는 듯, 어리벙벙한 레이를 특별히 더 의식하며 감탄사를 늘어놓았다. 그러나 실제로 보승은 돗돔이 사오백 미터 심해에 살아 잡기가 여간 어렵지 않은 데다 간이며 위, 심지어 갑상선까지 맛있게 먹을 수 있는 생선이라는 걸 전혀 몰랐다. 갈빗살의 꼬들꼬들한 식감이나 아랫입술의 쫀득쫀득한 맛에 대해서는 레이와 진배없이 무지했다. 실은 참치도 연어도 아닌 어떤 생선이 그리 클 수 있다는 사실마저 처음으로 알았다.

요런 게 맨날 잡히면 얼마나 좋아?

은율이 말하더니 허밍으로 무슨 곡인가를 흥얼거리기 시

작했다. 다들 들어보지 못한 선율이었는데, 어쨌거나 그 부드러운 노랫소리로 순식간에 분위기가 바뀌었다. 형묵은 덩치에 어울리지 않게 배냇저고리에, 즉 제대로 기억하지는 못하나 막연히 짐작은 하는 그 보송보송한 천에 감싸인 기분이었고, 모수는 애인과 다정한 정사를 마친 후 살짝 잠들었다가 깼을 때처럼 행복하게 나른했다. 보승은 잠시나마 세상이 제 편인 것 같던, 첫 적금 들던 때를 떠올렸다. 여하간 생이 적어도 조금 전보다는 살 만하게 여겨졌다. 레이는 생선을 뚫어져라 보고 있었다. 눈 내리는 길 위에서 김이 모락모락 나는 왕만두 하나를 베어 무는 상상을 하고 있을지 몰랐다. 보승은 느슨하게 풀어진 순간에도 레이에 대한 집중력을 잃지 않았다.

어쨌거나 은율은 그런 재주가 있었다. 그녀와 연루되면 아무렇게나 널린 일상이 돌연 고아해졌다. 값싼 천사채 한 줌이 공들여 준비한 무채로 보이거나 대형 깡통에서 쉽게 퍼낸 와사비가 고급 일식집의 그것처럼 윤을 내기도 했다. 외동딸을 극진히 아끼는 사장까지 포함해 양양수산의 모든 남자가 그리 느낀다는 말인데, 그들의 눈에 은율은 발랄하고 너그럽고 똑똑하고 예쁘고……. 아무튼 천사채보다 천사라는 이름이 더 잘 어울릴 것 같은 사람이었다. 은율이 고등학생이던 때부터 그녀를 봐 온 형묵, 양양수산에 진득하니 붙어 있는 이유 중 상당 부분이 은율에게 있을 모수, 거의 신앙심을 품은 보승까지 다들 은율을 숭배했다.

형묵이 돗돔의 껍질을 벗겨내 포를 뜬 후 회를 켜기 시작했다. 사시미 칼이 사선으로 누울 때마다 슥슥 기분 좋은 소리가 났다. 죽어 누운 생선마저 찬란한 생을 즐거이 반추하는 듯했다.

그러나 훙그러운 분위기는 느닷없이 발생한 작은 사건으로 일시에 사라지고 말았다. 구부정하니 기운 자세로 돗돔을 구경하던 레이가 별안간 침을 뚝 흘렸기 때문이다. 누구도 눈치챌 수 없는 미세한 양이 아니라 덜 잠근 수도꼭지에서나 나올 법한 흥건한 양이었다. 모두가 그게 원초적이고, 원초적이어서 더욱 강렬한 식욕 때문이라는 걸 알 수 있었다. 흐리멍덩했던 레이의 눈이 사료가 아닌 생고기 냄새를 처음으로 맡은 강아지처럼 열렬해져 있었다.

여기, 이거 먹어 봐.

갑작스레 은율이, 형묵이 정성스레 썬 두툼한 뱃살 한 조각을 집어 레이의 입에 넣어주었다. 성당에서 사제가 신자에게 밀떡을 주는 장면과 흡사했다. 성찬례에서 제외된 나머지 세 사람이 놀라는 가운데, 혹돔, 아니 전복치 입술 정도는 될 두꺼운 입술이 순식간에 회를 삼켰다. 보승은 모수에게 배를 맞았을 때처럼 헉 소리를 냈고, 형묵은 가끔 정말로 거미줄이

쳐진 게 아닌가 싶은 입술을 살짝 벌렸다. 모수는 나중에야 은율이 젓가락도 쓰지 않고 손으로 직접 레이 입에 회를 넣어 주었다는 사실을 떠올리며 쓴침을 삼켰는데, 실은 은율도 제가 왜 그리했는지 알지 못했다.

레이의 식욕은 점심 식사 때 좀 더 극명하게 드러났다. 계산대와 조리대 사이 작은 공간에서 돌아가며 비빔밥을 먹었는데, 마지막 차례에 이른 레이는 아사 직전에 이른 사람처럼 게걸스레 음식을 삼켰다. 레이의 눈에서 나오는 빛으로 비빔밥을 볶음밥으로 만들 수도 있을 것 같았다. 밥이라는 걸, 아니 숫제 음식이라는 걸 처음 먹는다는 듯 손도 빨랐고 입도 빨랐다. 레이의 식욕이 유난히 왕성하다는 걸 짐작하지 못한 바 아니었으나 다들 또 한 번 놀랐다.

기실 레이가 허술한 태도를 벗어버리는 건 먹거나 마실 때뿐이었다. 레이는 심지어 은율이 세세히, 지나치다 싶을 만큼 친절히 가르친 일마저 제대로 해내지 못했다. 빈 상자를 캐리어에 실어 창고로 나를 때는 대왕고래라도 끌고 가듯 힘겨워했고, 채소를 씻을 때는 다리에 쥐가 난 듯 낑낑거리다가 숫제 엉덩방아를 찧기도 했다. 양동이에 든 상추와 깻잎이 자신들을 씻는 게 아니라 한 장 한 장 세고 있는 듯한 레이를 냅다 걷어차고 싶은 표정으로 쏘아보던 중이었다.

레이는 회를 위층 식당으로 전달하는 일마저 제대로 해내지 못했다. 친히 세 번이나 길을 알려준 보승의 불길한 예감대로 레이는 네 번째에 혼자 나간 배달에 성공하지 못했다. 식당에서 독촉 전화를 받은 보승의 머리에 제일 먼저 떠오른 이미지는 레이가 구석진 곳에서 손님의 회를 쩝쩝 집어 먹는 장면이었다. 그러나 실제로 보승이 레이를 발견한 곳은 대게와 킹크랩을 찌는 가게 앞이었다. 레이는 꼼지락거리는 갑각류의 다리가 커다란 뚜껑으로 덮이는 장면을 보고 있었다. 성긴 이를 드러낸 채 입을 헤 벌린 게, 이전처럼 침이라도 주르르 흘릴 태세였다. 보승은 두어 살 아래가 아니라 두어 살 위인 사람처럼 레이를 혼냈다.

너 진짜 이따위로 할래?

레이는 게의 집게발에 눈이 찔리기라도 한 듯 더듬댔다. 육즙 가득한 게살을 뜯는 세계에서 식사 시간이 요원하기만 한 현실 세계로 돌아오려니 앞이 캄캄하다는 듯한 태도였다. 보승이 봉지를 낚아채듯 빼앗고서 레이를 질질 끌고 가 배달을 마친 후 양양수산에 들어서며 외쳤다.

얘 진짜 무슨 문제 있는 게 틀림없어요!

은율이 난감한 얼굴로 그러지 마, 했으나 보승은 더는 참을 수가 없었다.

말만 하지 못하는 게 아니라 뇌가 이상한 거라고요.

그러나 보승의 항의성 발언은, 늦은 오후 밀려드는 손님과

폭주하는 주문 전화로 헤실바실 흩어지고 말았다. 레이는 다른 이들이 부지런히 오가는 좁은 공간에 동상처럼 우두커니 섰다가 일곱 시가 되자 퇴근하는 형묵을 따라 조용히 사라졌다. 사장의 부탁으로 레이는 당분간 형묵의 오피스텔에서 함께 지낼 거라고 했다.

손님이 뜸해져 일찌감치 뒷정리를 하던 보승은 봉지 커피 한 움큼이 사라진 걸 발견했다. 레이의 짓이 분명하다고 생각했다.

다음 날, 보승은 레이가 커피를 훔쳤다고 당장 형묵에게 알리고 싶은 걸 간신히 참으며 모수가 출근하기를 기다렸다. 형묵에게 주절거리지 않은 건, 근거도 없이 설레발이나 친다고 혼이나 날 게 뻔해서였다. 형묵은 몸만 아니라 영혼도 묵직한 인간이었다. 보승은 제 할 일을 잽싸게 해내며 모수가 한가해지기를 기다렸다. 그러나 입을 떼기도 전에 뒤통수를 맞고 말았다. 커피 타임보다 늦게 출근하던 은율이 웬일로 이르게 등장해서는 전날처럼 후룩 쩝쩝 달게 커피를 마시는, 아니 들이켜는 레이에게 봉지 몇 개를 건넸기 때문이다.

자, 이거 챙겨.

보승은 은율이 태만과 무능의 극치를 보이는 레이에게 낙낙하게 구는 게 마뜩잖았다. 보호시설을 나온 후 국가에서 주는 자립정착금이 이천만 원인 줄 알았다가, 정작 자신이 살던 충북에서만 오백만 원에 불과하다는 사실을 알았을 때처럼 억울하기도 했다. 전날 레이가 봉지 커피를 훔쳤든 은율이 레이에게 그걸 챙겨주었든 다 마음에 들지 않았다. 양양수산에서 제 몫의 일을 해내기는커녕 다른 이에게 피해만 주고 있는 레이를 사장은 도대체 왜 데려다 놓은 걸까. 보승은 무언가가 잘못됐다는 걸, 부당하다는 걸 말이라도 하고 싶어 터질 지경이었다. 병을 잔뜩 흔들어 놓아 뚜껑만 열면 액체 대포알처럼 튀어나올 막걸리가 된 느낌이었다. 막걸리라니……. 보승은 한심한 상상이라 여기면서도 멈출 수가 없었다. 쉬 지지 않을 자국을 남기며, 시큼한 냄새를 풍기며 사방으로 쏟아지고 싶었다.

그러나 당장은 할 일이 너무 많았다. 딱히 그럴 이유가 없는데도 보승은, 제가 레이와 달리 일을 외면하지 않으며 일을 하려야 할 수도 없는 무능력자가 아니라는 걸 증명하고 싶었다. 증명하는 게 뭐 그리 어려운 일이랴. 보승은 창고에서 일회용기와 포장용 간장, 초고추장 등을 꺼내 오는 데에, 틈틈이 앞집, 옆집의 호객을 따돌리고 손님을 붙잡는 데에 최선을 다했다. 양양수산의 시간은 빅이슈가 생긴 증권 회사와 하나 다를 바 없이 긴박하게 흘렀다.

긴박한 상황에도 레이만이 늘 예외였다. 며칠이 지났건만 한결같이 무언가를 잘하지 않았고 잘하지 못했으며 잘하려는 의지도 없어 보였다. 그러나 보승을 제외한 아무도 레이에게 불만이 없는 듯했다. 형묵은 캐릭터에 한 치 어긋남 없이 도무지 말이 없었고, 모수는 제 애정사만 신경 쓰기도 벅찬 듯 틈만 나면 휴대전화에 코를 박았다. 시종 관대한 은율이야 말해 무엇 하랴. 레이에게 생선 이름을 가르치고 외우게 하면서 수도 없이 답답한 상황이 이어졌건만 은율은 얼굴 한 번 찡그리지 않았다. 인간을 비판하거나 채근하는 기능은 상실한 채 자비심과 동정심만 극도로 발달한 천사 같았다.

오후에 손님이 조금 뜸해지자 보승은 담배 피우러 나가는 모수를 재빨리 따라나섰다. 할 수 있다면 담배라도 피우고 싶은 심정이었다. 그러나 보승은 선천적으로 폐가 좋지 않았고, 기흉 수술을 받은 적도 있었다. 아무튼 심정은 그랬다.

보승은 제가 얼굴 근육이 굳을 만큼 미소를 띤 채 손님들에게 "젊은 친구가 열심히 사네." 싶은 인상을 심는 데 성공한 후 회를 팔아치우는 동안 레이가 한 일이라곤 포장 용기에 랩을 씌운 것밖에 없었다며 투덜댔다.

순가락은 그렇게 빠르게 놀리면서, 랩 덮어 씌울 땐 십분의 일 배속으로 느려지는 게 말이 돼?

모수가 기기에 담배를 끼우며 시큰둥하게 대꾸했다.

안 해 본 일이니까 그렇겠지.

보승은 모수의 연애가 침울하고 끈적한 늪 어딘가에 가라앉아 버렸으리라 짐작했다.

왜 그래, 형? 그 여자랑 뭐가 잘 안돼?

모수가 담배 연기를 후 뱉었다.

나는 여자들이 나를 밀어내는 이유를 모르겠다. 잘생겼지, 성격 좋지, 성실하지. 회 뜨는 기술이 있으니 조만간 개업도 할 수 있을 테지……. 미래가 얼마나 밝냐. 그런데 왜 다들 나를 떠나려는 거지?

보승은 이유가 무언지 익히 짐작했으나 모수도 몰라서 묻는 게 아니라는 걸 알기에 대꾸하지 않았다. 여자들은, 특히 모수가 좋아하는 예쁜 여자들은 처음에는 모수의 외모나 성격 등을 높이 샀으나 곧 다른 것을 추구했다. 말하자면 불투명한 미래가 아닌 투명한 현재. 어떤 여자들에게 모수와 같은 남자는 잠시 입고 즐기는 SPA 브랜드 옷에 지나지 않았다. 오래 입지도 간직하지도 않을, 유행 따라 잠깐 기분 전환으로 삼았을 뿐인, 아까울 것도 아쉬울 것도 없는……. 갓 스무 살이 된 보승도 아는데 모수라고 모를까. 보승은 이미 바닥으로 떨어진 듯한 모수의 자존감을 더 끌어내릴 필요는 없다고 생각했다. 게다가 당장은 레이의 문제가 더 중요했다.

이름은 또 어째서 레이야? 한국 이름도 아니고, 인도 이름도 아닌 것 같고……. 게다가 한국말도 못 하는데 어떻게 입대를 하고 제대를 해?

은율이 사장의 말을 옮긴 데에 따르면, 레이는 내내 인도에 살았으나 엄연히 한국인 부친이 있는 대한민국 국민이었으므로 군대를 다녀와야 했다. 보승은 그 점이 특별히 거슬렸다. '보호시설에서 오 년 이상 양육된 자'에 해당하여 병역을 면제받은 자신보다 레이가 더 한국인 자격을 갖춘 듯 여겨졌다. 고아라서 좋은 점도 있네, 명랑하게 말하면서도 한편 씁쓸했던 예전 기분이 되살아났다.

말도 알아듣지 못하고 행동도 저런데 어떻게 군대에서 살아남을 수가 있었겠어. 혹시 그게 아니라…….

그게 아니면, 뭐?

모수가 기기에 새로 담배를 끼우며 보승을 응시했다. 보승이 하는 말을 죄다 흘려듣고 있지는 않다는 것을 나름대로 성의껏 알리기 위해서였다. 냉랭한 면이 있어도 무심하지는 않은 모수였다.

일부러 한국말 모르는 척하는 거 아닐까?

굳이 뭐 하러?

못 알아듣는 척해야 일을 안 할 수 있으니까!

이제 보승의 추론은 레이가 단순히 일머리가 없거나 말귀를 알아듣지 못하는 게 아니라 일부러 못 알아듣는 척하는 거라는 데에까지 나아갔다. 말을 뱉고 보니 확신이 더 생겼다.

일하기가 싫은 거야. 꾀부리는 거라고! 레이는 양양수산에 있어서는 안 될 인물이야.

모수가 피식 웃었다. 보승은 모수가 제 의견에 동조해서 웃지는 않았으리라 생각했다. 왜 웃는데? 설마 내가 귀엽기라도 한 거야? 보승이 다시 구시렁대려는데 모수가 제지했다.

그만해라.

모수는 곧 양양수산의 미래보다 개인사를 훨씬 중하게 여기는 본성에 따라 자신에게로 시선을 돌렸다.

그 여자들 언젠가는 후회할 거야. 나를 잡지 않아서 아쉬울 날이 꼭 올 거라고.

모수가 미련을 떨치듯 담배 연기를 길게 뿜었다.

아니, 레이라는 녀석…….

보승은 모수에게 조금 더 엉겨 붙고 싶었다. 그러나 모수는 이미 발길을 돌리고 있었다.

보승은 옆통수, 뒤통수에도 있다고 느끼는 모종의 기관으로 시종 레이를 살피느라 하루가 전에 없이 피곤할 지경이었다. 보승은 생각했다. '여기서 나만 정상이야. 나만 유일하게 제정신이라고.' 보승은 저간의 경험으로 대단한 뭔가를 쌓은 게 있는 자처럼, 그러나 아무도 그걸 몰라주어 한없이 쓸쓸한 자처럼 한숨을 내쉬기도 했다.

보승이 그러거나 말거나 레이는 조금씩 양양수산의 식구가 되어가는 듯했다. 은율은 레이가 한글을 읽게 하는 데에 열을 올렸고, 모수는 바쁜 틈틈이 레이에게 칼 쓰는 법을 가르쳤다. 보승은 모수가 제게 회 뜨는 법을 가르쳤을 때처럼 레이도 가르친다는 게 부당하게 여겨졌다. 레이가 '식구'가 되다니, 있을 수 없는 일이었다. 보승은 사장이 자주 들먹이는 '식구'라는 단어에, 여하한 단체도 기업도 흔히 쓰는 '가족' 이상의 의미가 있다는 걸 알고 있었다. 사장이 검정고시라도 보라며 손수 『필수 영단어 2000』을 사준 날이었다. "우리 식구 중에 고등학교 안 나온 사람은 없다." 사장은 그렇게 말했다. 보승은 툴툴거렸으나 나중에 휴대전화 앱으로 단어를 검색했다. family나 member는 '식구'를 설명할 수 있는 충분한 단어가 아니었다. 보승은 막연히 감자 한 바구니가 놓인 소박한 식탁을 떠올렸다. 빙 둘러앉아 파근파근하게 삶긴 감자를 나눠 먹는…….

그런데 그 감자를 레이와 나눠 먹는다고? 보승은 절대로 그러고 싶지 않았다. 콩 한 톨도 녀석과는 나누고 싶지 않았다.

그러나 보승의 마음과 달리 레이는 콩 한 톨이 아니라 밤 한 톨, 종종 감자 한 알도 함께 먹는 사이가 되어가는 듯했다. 어리숙한 태도는 변함이 없었으나 그다지 힘겹지 않은 몇 가지 일을 혼자 하기도 했다. 손님을 잡느라 바쁜 보승이 이전에 했던 일, 가령 용기를 준비하거나 쓰레기를 버리는 일 등이었다. 물론 레이는 창고든 어디든 나가기만 하면 한참 오리무중이었다. 보승은 레이가 양양수산을 나서서 도대체 어디를 헤매고 오는지 궁금했다. 그러나 굳이 상상하지 못할 것도 없었다. 발육 부진이나 관리 소홀 때문이었을 성긴 이를 드러낸 채, 시장의 무수한 맛난 것들을 보며 군침을 흘렸겠지. 정작 가게로 다시 들어서는 레이는 그런 일이 없었다는 듯, 여전히 의욕이라고는 없는 매시근한 얼굴이긴 했다. 보승이 언젠가 형묵을 흉내 내며 맵시 있게 던진 도다리가 하필 수족관 가두리에 머리를 맞고 축 늘어졌던 때 모습이랑 흡사했다.

시종 나른해 보이던 레이가 의외의 모습을 보인 건 두어 주가 지나서였다. 그즈음 레이는 은율의 간데없는 아량과 인내 덕에 생선 이름을 대강이나마 외웠고 어눌하게나마 발음했다. 그가 뜰채로 건진 생선을 저울 위 바구니에 넣기만 하면 되는 단순한 일을 해낸 날, 은율은 해맑게 웃으며 칭찬했다.

좋아! 아주 잘했어!

처음으로 레이는 실제로 고개를 끄덕이지는 않았으나 곧 그럴 수도 있을 듯한 표정을 지었다. 흔들리지 않는 까만 눈 너머로 어쩐지 무수한 작은 눈들이 반짝이는 듯했다. 신경을 곤두세운 채 레이를 살피던 보승은 미세한 변화를 눈치챘다. 어쩐지 불안했다. 뭐지, 저 녀석?

며칠 후, 보승의 불안감이 제대로 예언적이었다는 걸 드러낼 만한 사건이 일어났다. 은율이 손님이 뜸해진 틈을 타 장부를 들여다보다가 고개를 갸웃거렸다.

이상하다. 돈이 좀 모자라는데?

손님 중에 종종 멍게나 개불 등을 서비스로 더 달라며 카드가 아닌 현금을 내미는 사람들이 있었다. 은율이 계산을 전담했으나 바쁠 때는 아무나 돈을 받는 대로 장부에 기록하고 서랍에 넣어 두곤 했다.

사십팔만 오천 원이어야 하는데…….

서랍 속 현금은 삼만 원이 모자라는 사십오만 오천 원이었다. 형묵이 성기게 난 턱수염을 쓰다듬으며 은율에게 다가갔다. 그러나 이렇다 저렇다 말이 없었다. 모수는 은율이 고개를 갸웃거리는 원인보다 고개를 갸웃거리고 있는 은율에게 더 관심이 있는 표정이었다. 보승만이 기세등등한 눈빛이 되어 외쳤다.

계산이 안 맞다니? 이런 일은 정말 처음 아니야?

보승의 눈이 아래위로 좌우로, 함부로 레이를 훑었다. 정작 레이는 은율이 시킨 대로 종이 상자를 납작하게 만드느라 손가락을 꼼지락거리는 데 여념이 없었다. 보승이 보기에 말 그대로 꼼지락거리는 중이었다. 비닐 테이프를 북북 뜯어내는 게 아니라 찌익, 찌이익 뜯어냈고 상자를 야무지지 못한 방식으로 주저앉히고 있었다. 보승은 긴장감이라고는 없는 레이의 얼굴이며 동작에 적개심이 끓어올랐다. 엉성하기 이를 데 없는 그 손가락을 낚아채 제 가슴을 가리키게 한 후 묻고 싶었다. 너지? 돈 훔친 거 너지? 그러나 보승의 속엣말은 은율의 낭랑한 목소리에 눌려 사라지고 말았다.

뭔가 착오가 있었겠지. 자, 정리하고 퇴근들 합시다. 묵이 삼촌, 레이 데리고 먼저 들어가. 새벽부터 고생했잖아.

아닌 게 아니라 여덟 시가 한참 지나 있었다. 출근한 순서대로 퇴근을 서둘렀다. 보승은 레이가 정리하다 버리고 간 상자를 마저 정리하는 척하며, 실은 은율에게 레이 얘기를 하려고 머뭇거렸다. 그러나 은율은 바늘 끝도 들어가지 않을 듯한 단호한 태도로 보승을 밀어냈다.

너도 얼른 가서 쉬어.

보승은 은율이 이미 제가 할 말을 알고 있다는 걸, 그러나 그에 동조하지 않으리라는 걸 깨달았다. 모수까지 가세했다.

내가 마저 할게. 너 얼른 들어가.

보승은, 언제나처럼 실패할 게 뻔한데도 은율에게 뭐든 해보려는 모수의 노골적인 시도까지 묵살할 수는 없었다. 속이

터지는 심정으로 가게를 나섰다. 퇴근이 신나지 않는 거의 유일한 날이었다.

추석을 앞두고 유난히 손님이 늘어난 그 주 주말, 결국 더 큰 사건이 터졌다. 이런저런 명절 음식을 준비하러 나온 사람들이 횟집에도 겸사겸사 발길을 옮겨 분주한 와중이었다. 형묵은 티셔츠 곳곳에 다양한 모양의 지도가 그려질 만큼 땀을 흘렸고, 모수는 공들여 세운 머리가 후줄근하게 늘어진 상태로 이 도마와 저 도마를 오갔다. 보승은 손님을 불러대는 틈틈이 형묵과 모수가 하는 일을 거들었다. 도마를 씻고 삶은 행주를 새로 내고 선반 아래 생선 찌꺼기가 담긴 양동이를 비웠다.

난데없이 성난 목소리가 들렸다.

이놈! 어디서 개수작이야?

늙수그레한 노인이 지팡이로 레이의 가슴을 쿡 찔렀다. 지팡이 끝이 그다지 뾰족하지 않다고 해도 적잖이 위협적인 동작이었다. 레이가 두 팔로 머리를 감싼 채 주저앉았다. 꺽……. 비명도 아니고 울음소리도 아닌 이상한 소리를 내면서였다. 언젠가 보승이 들은 적 있는, 수족관에 있던 혹돔이 알 수 없는 이유로 턱을 부딪치며 낸 소리와 흡사했다. 은율이 얼굴이 발개진 채 달려왔다.

어르신, 무슨 일이세요?

무슨 일이긴 무슨 일이야? 이놈이 저울치기를 하잖아.

저울치기라고? 형묵, 모수, 보승이 일제히 일손을 멈추고 가까이 다가갔다. 영점이 딱 맞춰져 있는 전자저울 위에 물치기의 가능성을 애초에 차단한 구멍 숭숭 뚫린 바구니가 있었고, 그 안에 게처럼 배에 얼음을 채워 넣을 수도 없는 참돔이 펄떡거리고 있었다. 내려 치기든 밑장 빼기든 어떤 사기도 칠 수 없는 구조였고, 기실 그게 인기 유튜버를 통해 소개되기도 한 양양수산의 가장 큰 장점이었다. 그러나 저울을 자세히 보던 은율이 돌연 제 입에 손을 가져다 댔다.

죄송합니다, 어르신. 이 친구가 아직 일이 서툴러서 참돔을 감성돔으로 알았나 봐요.

다들 무엇이 잘못되었는지, 사태가 얼마나 심각한지 알아차렸다. 신뢰 하나로 인기 횟집으로 떠오른 양양수산에 일어나서는 안 될 일이 일어난 거였다. 정작, 킬로그램당 사만 원인 참돔을 오만 원으로 누른 장본인은 팔로 머리를 감싼 채 여전히 괴상한 소리를 내고 있었다. 이전에 그런 경험을 꽤 한 듯했고, 첫날처럼 '요령껏' 당황한 척을 하는 것 같지도 않았다. 적어도 보승이 보기에는 그랬다.

일부러 그런 거야. 못된 놈!

노인이 다시 지팡이를 들었다. 그러나 그가 레이의 등짝이든 어디든 찌르거나 내려치기 전에 형묵이 손으로 지팡이를 잡았다. 말은 없었다.

지나가던 사람들과 이웃 가게 점원들이 고개를 디밀었다. 정신없이 바빠도 싸움 구경만큼 재미있는 건 없으니까. 사람들 사이로 돌연 굵직한 목소리가 들렸다.

어르신, 회를 반값에 드릴게요. 노여움 푸십시오.

헐렁한 바지를 입은 채 보행기에 의지한 사장이었다.

위태롭던 분위기가 가까스로 진정되었다. 은율이 잘 가르치지 못한 제 탓이라며 거듭 사과하고, 모수가 이런저런 서비스 음식을 준비하고, 형묵이 얼른 회를 뜨고, 사장이 통 크게 반값만 받으면서였다. 보승은 노인이 현금을 내는 걸 예의주시 했고, 레이가 그걸 일찌감치 간파했으리라 여겼다. 카드 결제와 달리 아무렇게나 서랍에 넣는 현금을 빼돌릴 방법을 강구한 게 틀림없었다. 보승 역시 한때 그럴 가능성을 그려 본 적 있었으므로 너무도 확실했다. 보승은 드디어 일어날 일이 일어나고야 말았다고 보았다. 봉지 커피 훔칠 때부터 내 알아봤지! 빈속에 커피를 과도하게 마셔 속이 느글거리던 차에 든든한 밥을 먹어 편안해진 기분이었다. 사장이 레이를 당장 내치지는 않더라도 크게 나무랄 건 자명했다.

그러나 사장을 비롯한 양양수산 사람들은 약속이라도 한

듯 노인과 레이의 일을 더는 거론하지 않았다. 노인이 가자마자 언제 그런 일이 있었냐는 듯 멀뚱히 선 레이를 보고서도 나무라는 사람 하나 없었다. 은율은 레이가 정말로 참돔과 감성돔이 헷갈려 실수한 게 분명하다고 여기는 듯, 한 번 더 설명했다.

참돔은 분홍, 감성돔은 검정이야. '감'이랑 '검'이랑 발음이 비슷하니까……. 그렇게 외우라고 했지?

레이는 표정 없이 고개를 끄덕였다. 곧 서로의 안부를 묻고 농담이나 던지는 화기애애한 대화가 오갔다.

사장님, 왜 벌써 나오셨어요? 우리가 알아서 잘하고 있는데…….

벌써 뒷방 늙은이 취급이군. 오늘 월급날인 거 잊었어? 수틀리면 월급 안 주는 수가 있어.

아까 입금된 거 이미 확인했는데요? 아침에 월급 안 들어왔으면 앞치마 던지고 벌써 나갔죠, 제가.

사장이 모수의 말에 껄껄 웃었다. 오랜만에 수염을 깎아서인지 이전보다 더 푸릇푸릇한 턱이 활달하게 흔들렸다.

여우 같은 놈. 내가 못 따라간다, 못 따라가. 그래서 내가 귀찮다 이거냐, 다들?

그게 아니라, 또 넘어지시면 큰일이니까 그렇죠.

가게가 어찌 돌아가나 궁금해서 와봤지.

아빠는 참……. 제가 매일 다 얘기해 드리잖아요. 잘 굴러간다니까요?

그래, 그래. 와서 보니 아주 잘하고 있네. 안심이 된다.

보승은 의아했다. 양양수산의 명성에 먹칠을 하는 사건이 일어났는데도 잘 굴러간다고 말하는 은율이나 안심이 된다는 사장이나 그저 헤헤거리고 있는 형묵, 모수 모두 어딘가가 잘못되어도 한참 잘못된 것 같았다. 사장이 레이에게도 월급을 주었다고 말한 부분이 가장 거슬렸다. 레이 녀석, 제대로 일하지도 않았는데! 보승은 정의든 선의든 무언가 좋은 영역을 지향해서 생긴 게 틀림없을 제 불편한 감정을 토로하고 싶었다. 그러나 그 오후가 다 가고 모처럼 같이 퇴근하기까지 다른 이야기는 오가지 않았다. 보승은 보이지 않는 적과 싸우다가 보이지 않는 주먹에 크게 한 방 맞고 무참히 패한 기분이었다.

유일하게 위로가 된 것은, 부루퉁한 얼굴로 가게를 나서는 보승의 어깨를 토닥인 사장의 손길이었다.

어때? 할 만하냐?

보승은 그 손의 감촉을 기억했다. 지난해 겨울, 보승이 오토바이를 타고 피자를 배달하다가, 신호를 무시하고 유턴을 한 승용차에 치였을 때였다. 도로를 가로질러 컬링 스톤처럼 나가떨어진 보승에게 제일 먼저 달려온 사람이 사장이었다. 근처의 행인들도 운전자들도 다들 어, 하며 입만 벌리던 중이었는데 사장이 어깨를 흔들며 물었다. 학생, 괜찮아? 거친 감촉이었으나 뜻밖에 따뜻했다.

사장은 사촌 형의 부고를 받고 오랜만에 고향을 찾은 길이라 했다. 구급차가 보승을 싣고 간 병원이 마침 장례식장이 있는 곳이라 사장은 그날 내내 보승의 침상을 드나들었다. 그간 터무니없는 급료로 보승을 부리던 피자집 사장을 상대했고, 제 잘못만은 아니라며 은근히 발뺌하려는 운전자도 상대했다. 뼈를 다치지 않았어도 뇌진탕을 의심해 보아야 한다는 의사의 소견을 무시하려는 보승을 말리기도 했다. 염려나 애정보다 근거 없는 멸시, 멸시까지는 아니더라도 알고 보면 가식이었을 뿐인 동정을 더 많이 경험한 보승으로서는 이해할 수 없는 태도였다.

그러므로 보승은 사장이 대뜸 자신을 따라서 서울로 가자고 했을 때 의심스러웠다. 가족이니 식구니 하며 누군가를 갈취한 회사, 종교 단체 등을 보도한 기사를 떠올렸다. 컴컴한 방에 갇혀 강제로 보이스 피싱을 하게 되거나 가스라이팅을 당해 다단계 판매에 나서게 될지도 모를 일이었다.

그러나 보승은 여차하면 경찰에 신고하거나 도망갈 자신이 있었다. 어리다면 어린 나이였으나 나름 산전수전 다 겪었다고 자부했다. 게다가 보승은 사장이 횟집 사장이라는 걸 몰랐는데도 이상하게 그를 본 순간부터 바다가 연상되었다. 기실 보승이 아는 바다라야 시설에서 다 함께 간 적 있는 송도해수욕장, 혼자 갔던 태안의 해변이 전부였다. 그래도 바다는 매력적이었다. 고요해 보였으나 쉬지 않고 무언가가 꿈틀대는 곳이었다. 보승은 땅에서 조급하게 버둥거린 제 발을 수긋하게 감싸는 듯한, 육중한 어깨로 그의 작은 몸뚱이를 기꺼이 떠받쳐 주는 듯한 물의 감촉이 좋았다. 조야하지도 비루하지도 않은, 위엄 어린 바다……. 보승은 횟집과 바다의 이미지를 아무렇게나 뒤섞었다. 생선 따위, 보승이 그간 도무지 해석하지 못한 무수한 인간사보다 어렵겠냐 싶은 심정으로 따라나섰다.

양양수산에 오고서 보승은 걱정할 게 없다는 사실을 깨달았다. 사장은 말할 것도 없거니와 형묵이나 모수 모두 좋은 사람이었다. 좋은 사람이 세상에 있기는 있다는 게 신기했다. 언젠가 모수가 말한 적 있었다. "형이나 나나 사장님에게 배우는 게 많아." 보승은 그게 단순히 회를 뜨는 기술만을 의미하지 않는다는 것 정도는 알 수 있었다. 생의 아슬아슬한 감각에 더 끌릴 성향의 모수가 가게에서 삼 년째 일하는 게 그 증거였다. 모수는 과묵한 형묵을 대신해 보승이 몰랐던 사실을 알려주기도 했다. "사장 아니었으면 형은 지금까지도 저한테 빨대 꽂고 피 빨아먹는 가족들에게 시달렸을 거야."

피든 골수든 빨아먹을 가족도 없는 보승이었으나, 형묵의 사정이 어떠했을지 짐작이 갔다. 형묵이 번듯하니 제 오피스텔을 얻은 것도 사장의 덕이라 했다.

보승은 그래서 레이가 더 싫었다. 엉큼하기 이를 데 없는 녀석이 모두를 기만하지 않았는가 말이다. 그가 돈을 빼돌리려던 정황이 드러났는데도 다들 왜 그냥 두는지 모를 일이었다.

다음 날 평소보다 일찍 출근한 보승은 레이 없이 혼자 있는 형묵을 보았다.

레이는?

아프단다.

보승은 기가 막혔다. 전날 그런 사고를 치고 다음 날은 아파서 나오지 않는다고? 민망하거나 미안하기라도 한 걸까? 보승은 형묵이 자신을 나무라든 대답을 안 하든 속 시원히 말이라도 하자 싶었다.

레이라는 녀석, 음흉한 놈이지? 맞지, 형?

…….

형묵은 뛰다 못해 날아오를 듯한 전어와 맛이 오른 광어를 옮기는 데만 열중해 있었다.

형, 그놈이랑 한 달이나 같이 지냈잖아. 뭐 이상한 거 없었어?

형묵이 돌연 뜰채를 들어 도매 시장에서 가져온 농어들을 가리켰다. 쓸데없는 소리 하지 말고 농어들이나 수족관에 넣으라는 뜻이었다. 그러나 보승은 그가 뜰채로 제 머리를 들어 올린다고 해도 물러서고 싶지 않았다.

다들 왜 그 녀석만 감싸고도는 건데? 꾀나 부리고 수상쩍은 짓이나 하는데, 도대체 왜 그러는 거냐고?

형묵이 보승에게 성큼 다가왔다. 새벽 일찍 출근하면서도 헬스장에서 뛰고 오기를 거르지 않는 형묵의 가슴 근육이 씰룩이는 게 보일 정도로 가까웠다. 보승은 모수와 달리 형묵이 제게 주먹질 같은 걸 할 리 없다는 걸 알면서도 순간적으로 몸을 움츠렸다. 보호시설 출신이라는 이유만으로 무수히 얻어터지면서 생긴 반사작용이었다. 그러나 다음 순간 보승이 경험한 건 전혀 예상치 못한 감각이었다. 형묵이 보승의 머리를 쓱 쓰다듬었던 것이다. 그는 조금 머쓱해하며 말했다.

레이를 위해서가 아니다. 나 자신을 위해서야.

보승은 알아들을 수가 없었다.

도대체 무슨 말이야? 뭐가 형 자신을 위해서라는 거야?

형묵은 대답 없이 양동이 몇 개를 챙기더니 나가 버렸다. 도매 시장에 한 번 더 들르려는 모양이었다. 보승은 사장의 권유로 검정고시 본 날을 떠올렸다. 제대로 공부하지 않고 갔으나 어찌 되겠지 싶은 심정이었다. 어려운 문제는 남들도 다 어려워할 테니 아는 것만 확실히 풀라는 은율의 조언도 따를 생각이었다. 그러나 어렵다고 느낀 한 문제를 제치고 다음 문제로 건너가도 더 쉬운 문제는 나오지 않았다. 다음 문항으로, 또 다음 문항으로 이동해도 마찬가지였다. 딱 그때 기분이었다.

보승은 농어가 든 양동이에 맨손을 집어넣고는 괜히 휘젓기 시작했다. 느닷없이 훌랑이질을 당한 농어들이 황당하다는 듯 몸을 뒤틀었다.

레이는 다음 날도 나오지 않았다. 보승은 레이의 어디가 얼마나 아픈지, 진짜로 아픈 게 아니라 그저 꾀병인 게 아닌지 자세히 알고 싶었다. 그러나 본격적으로 시작되는 연휴 첫날이라 입 뗄 겨를이 없었다. 오죽하면 점심마저 김밥을 시켜 일하는 틈틈이 하나씩 집어 먹고 다녀야 할 정도였다.

오후에 갑자기, 민방위 훈련이 실시되기라도 한 듯 손님이 뚝 끊겼다. 수산시장에는 기이하게도 가끔 그런 순간이 있었다. 싱싱한 활어처럼 활기 있던 공간이 돌연 죽은 생선처럼 고요해졌다. 보승이 잽싸게 물었다.

레이는 도대체 왜 이틀이나 안 나오는 거야?

보승은 레이가 있든 말든 신경 쓰고 싶지 않았고, 오히려 없으니까 거치적거리지도 않는다며 게으른 레이를 비난이나 할 요량이었다. 말라서 유난히 커 보인 머리, 뭐든 허겁지겁 먹던 입이 묘하게 자꾸 떠오르는 건 무시하고 싶었다. 걱정이라니, 가당찮았다. 그런데 은율로부터 뜻밖의 답이 돌아왔다.

아, 보승이 너 몰랐구나? 레이, 이제 더는 나오지 않아.

보승은 깜짝 놀랐다.

왜? 많이 아프대? 어디가, 얼마나?

그게 아니라, 말하자면 좀 긴데…….

은율이 어색하게 말끝을 흐렸다. 보승은 조금 더 놀랐다. 어떤 말도 잘잘 끓는 기름에 도넛 튀겨내듯 명쾌하게 하는 편인 은율답지 않았다. 보승은 갑자기 한기를 느꼈다. 설마 죽을병에 걸렸나? 많이 아픈 건 아니겠지? 보승은 과도하게 비극적인 상황을 떠올리는 예전 버릇을 아직도 버리지 못했다고 자각하면서도 어쩔 수 없이 그런 의심을 했다.

웬일로 형묵이 나섰다.

집 나갔다. 이틀 전에.

……뭐라고?

그러나 보승이 꼬치꼬치 캐묻기도 전에 다시 손님이 왔다. 아니, 몰려왔다. 홈쇼핑 채널에서 흔히 완판을 축하할 때 그러듯 팡파르라도 울려야 할 만큼이었다. 밤이 깊어 즐겁게 피곤해진 형묵과 은율이 기다시피 퇴근한 후, 보승은 간신히 모수를 붙잡을 수 있었다.

비슷한 일로 소년원에 다녀온 적 있는 보승이 기실 너무 살아는 이야기였다. 노인 손님이 다녀간 후, 레이는 어쩐지 겁을 집어먹은 듯한 태도를 보였다고 했다. 다음 날 형묵이 출근하자고 하자, 어눌한 한국말로 말하더라는 것이다. “아파요. 나 아파…….” 형묵은 병원에 데려가 주겠다고 했으나 레이는 막무가내로 고개를 저었다. 오른손 검지를 들어 올리고서는 형묵이 알아들을 수 없는 말을 중얼거리기도 했다. 형묵은 하루만 쉬겠다는 뜻이거나 혹은 한 번만 사정을 봐달라는 뜻으로 이해했다. 은율에게 레이가 아파서 집에 있으려 한다고 알리고는 혼자 출근했다. 그날 밤 형묵은 난장판으로 뒤집힌 오피스텔로 들어서야 했다. 레이가 돈 될 만한 것을 모두 가져간 후였다. 형묵은 “그렇게 어지럽힐 것까지는 없었을 텐데 말이지.”라며 단지 그것만 아쉬워했단다. 보승은 어쩐지 맥이 풀렸다. 집을 털리고도 덤덤했을 형묵의 얼굴이 선연히 떠올랐다. “레이를 위해서가 아니다. 나 자신을 위해서야.” 했던 때의 그 머쓱한 표정과 같으리라……. 문득 보승은, 은율도 사장도 가끔은 모수도 그런 표정을 짓곤 한다는 것을 깨달았다.

새로운 데이트 약속에 신이 난 모수가 비누로 손과 팔뚝을 열심히 닦는 동안, 보승은 수족관 속 혹돔에게 눈길을 주었다. 제가 온 첫날 사장이 혹돔을 소개하며 했던 말이 떠올랐다. “이놈 모신 지 오래됐다. 이름에 돔이 붙었어도 돔이 아니야. 놀래깃과지. 성별도 불분명해. 새끼 혹돔들은 자라면서 암컷이 됐다가 후에 혹이 생기고 턱이 두꺼워지면서 수컷으로 바뀌어.” 보승이 이해한 바로 혹돔은 종잡을 수 없는 물고기였다. 인터넷으로 더 찾아보았으나 여전히 아리송했다. ‘바다에서도 횟집에서도 인기 없는 물고기’라고 나오는가 하면, 우리나라에 예부터 ‘혹돔 비늘 한 장 보고 삼십 리를 간다.’라는 속담이 있던 만큼 누군가는 일부러 찾아 먹는 생선으로 언급되어 있기도 했다. 같은 혹돔이어도 작은 것은 맛이 없고 큰 것은 맛있었다. 횟감으로 인기가 없는 편이나 늘 그런 것은 아니었다. 여름 혹돔은 맛없고 식감도 떨어졌으나 겨울에는 살이 돌연 탱글탱글해졌다. 미역국에 넣어 먹으면 육수가 진해져 없어서 못 먹는 생선이 되기도 했다.

보승이, 거울을 보며 콧노래를 흥얼거리기 시작한 모수에게 물었다.

형, 이 녀석은 여기서 도대체 몇 년을 산 거야?

형묵의 팔뚝만 한 몸통, 모수의 팔 길이만 한 혹돔은, 제가 얼마나 살았는지 저도 모른다는 듯 몽롱한 눈을 하고 있었다.

몰라. 형묵 형이 여기 처음 왔을 때도 있었다니, 육 년은 넘었겠지.

누가 사 가는 날도 있을까?

그러나 모수의 신경은 온통 다른 데에 가 있었다. 새로 산 가죽 재킷을 걸치더니 물었다.

나 어떠냐?

보승은 그가 멋져 보인다는 의미로 엄지를 들었다. 모수는 으쓱거리며 가게를 나섰다.

명절 당일, 사장의 집에 모두가 모였다. 갈비찜과 전, 나물 등으로 식탁이 풍성했다. 은율이 시장에서 산 것을 차리기만 했을 뿐인데도 몇 날 며칠 정성스레 준비한 음식 같았다. 그녀가 알 수 없는 곡조를 흥얼거리자 분위기가 한층 푼더분해졌다. 사장이 말했다.

우리 식구 오랜만에 다 모였네. 많이들 먹어라.

보승은 실컷 먹고 원껏 떠들었다. 음식은 맛깔스러웠고, 대화는 다정했다. 송편을 먹던 보승이 돌연 단어 하나를 떠올렸다. 『필수 영단어 2000』에 들어 있던, 디 아이 지 엔 아이 티 와이, 디그너티dignity. 사장의 '식구'와 무관하지 않게 여겨졌다. 보승은 방언의 은사를 입지도 않았는데, 제가 어찌 그런 단어를 아는지 신기한 일이라고 생각했다. 다음 검정고시는 어쩐지 잘 치를 수 있을 것 같았다.

절정의 이유

지후가 분석기 깔유리에 희석한 시료를 올리고 커버글라스를 덮는다. 배율을 이백 배로 높이고 초점을 맞춘다. 지후는 고뇌할 뿐 여전히 깨우침은 요원한 어떤 세상, 자신의 갈망과 무관하게 어두워지기도 밝아지기도 하는 어떤 세상을 골똘히 들여다본다. 얼락배락한다. 좀체 이해의 지평에 다다르지 못할 것만 같다.

장관네 미용사. 동네 사람들은 이유를 그렇게 불렀다. 언어가 인간 존재 자체라고까지 여기지는 않아도 그 효용을 얼마간 기특하게 여기는 사람들은 조금 더 성의를 보이기도 했다. "거기, 장관 집에서 개들 목욕시키는 그 여자 있잖아." 사람들은 과도한 생략과 통합을 거쳐 무심코 던지는 말들이 이 세계를 얼마나 헐겁게 만드는지, 몰이해로 몰아가는지 알지 못한다. 우선 '장관네'라는 말은 정계에서 은퇴한 지 십구 년째인 장관이 현직이 아니라는 점을 가볍게 무시했고, 그와 이유가 특수 관계에 있지 않다는 사실마저 간과했다. 기실 전직 장관과 이유는 이 년쯤 전에 주인과 세입자로 처음 만났을 뿐이다. '집'이라는 말도 마찬가지다. 2층으로 이루어진 주택 중 위층만이 장관의 집이며 이유의 매장 겸 집은 엄연히 1층에 따로 있기 때문이다. 그러나 때로 그 말들에는 생략과 통합을 은신처 삼아 영리하게 숨는 생의 이면 같은 게 있다. 물론 사람들도 이유도 그런 게 있으리라는 걸 알지 못했을 것이다. 지후마저 나중에야 막연히 짐작했을 뿐이다.

제대로 설명하자면 이렇다. 삼 년 전 이유는 반려견을 미용하고 용품을 팔고 자신이 숙식을 해결할 수도 있는 한 '주택'에 세를 들었다. 사실 '주택'이 주는 보편적인 이미지에 크게 미치지 못한 멋없는 건물일 뿐이었다. 그러나 이유는 선뜻 그곳을 택했다. 다른 데에 비해 유난히 세가 싸서였다. 대리로 계약을 진행한 부동산업자는 말을 아끼며 집주인이 너그러운 분이라고만 했다. 곧 이유는 공간을 둘로 나누어 한쪽은 매장으로 한쪽은 숙식을 해결할 수 있는 방으로 꾸몄다. 그 방답지 않은 방마저 며칠 혹은 몇 주간 개들을 돌보는 소위

'반려견 호텔'로 삼은 것은 어디까지나 이유의 알뜰한 경제관에서 나온 아이디어였다.

집주인이라며 느닷없이 전직 장관이 나타났을 때 이유는 그를 알아보지 못했다. 그저 세월 따라 수수하게 늙은 평범한 사람이구나 싶었다. 그가 말로만 서민, 노동자를 외친 게 아니라 온몸을 던져 일한, 그래서 한때 인기가 높았던 유명 인물이라는 사실은 나중에야 알았다. 기실 누구라도 그를 알아보기 쉽지 않았을 텐데 그건 그가 정계를 떠난 지 한참이 지난 데다 지나치게 늙었기 때문이었다. 게다가 풍광 좋은 곳에 정원 있는 집을 가꾸고 살 법한 전직 장관이 갑자기 서울 변두리, 가난이 군데군데 박힌 작은 동네로 오리라고 상상이나 할 수 있었겠는가. 노인은 매장 안으로 들어오기를 한사코 거부한 채 양해를 구했다.

그간 관리를 하지 않아 아들이 사람을 불러다가 손을 좀 본다네요. 공사 때문에 시끄러울 수도 있어서…….

그가 오랜 세월 체화한 선량함을 대놓고 드러내지는 않으려 애쓰며 말했다. 이유는 자기애가 있으나 그걸 잘 다스리려는 어떤 이들은 선한 품성마저 겉으로 드러내길 꺼린다는 걸 알고 있었다. 노인을 조금 더 유심히 보았다. 죽음을 향해 거침없이 나아가되, 기꺼이 그러기보다 감당해야 할 것을 감당하려고 용기를 내는 사람으로 보였다. 설핏 비장함도 느껴졌다.

네, 그렇게 알고 있을게요.

살아온 삶의 덩치나 무늬 어느 것 하나 비슷할 게 없는 두 사람 사이에, 유일한 접점이 될 만한 온화한 침묵이 흘렀다. 잠시 후 열린 문틈으로 〈은파〉의 마지막 소절이 울렸다. 딴따 따다다 단. 드라이어 기계가 푸들의 털을 다 말렸다고 알리는 소리였다. 이유는 안으로 들어가려다가 머춤하고 돌아섰다. 노인이 마지막까지 감당하려는 듯한, 그러나 결코 기꺼이 원해서 그러지는 않는 듯한 무언가가 마음에 걸려서였다.

반갑습니다.

노인이 긴 세월 이리저리 분류하다가 결국 뒤섞어 버린 애정의 일부를 드러내며 웃었다.

나도 반가워요.

지후는 여러 종류의 애정을 뒤섞어도 사는 데 크게 문제가 없다는 걸 아직은 잘 모르는 젊은이다. 오늘 아침 그는 분량으로 보나 품질로 보나 최상인 애정을 뽑아 들고 이유에게 왔다.

나 왔어.

이유가 가녀린 팔을 뻗어 지후의 목에 감는다. 팔 여기저기 멍 자국, 긁힌 자국이 여전히 선명하다. 이유는 전혀 예상치 못한 부위에 멍이 들곤 했다. 발목 뒷부분, 손목의 안쪽, 약지나 식지 가운데 어디쯤……. 지후가 혈소판 감소증 같은 게 아닌지 걱정했으나 이유는 일축했다. "누구라도 나처럼 세게 부딪히면 이 정도 멍은 생길 거야." 이유는 몸이 둔해서 그런 거라며, 그래서 개들에게도 자주 할퀴이는 거라며 배시시 웃곤 했다.

지후가 휴대전화로 요하네스 아이크의 콘트라베이스 솔로곡을 튼다. 땅 깊이에서 홀로 우는 듯한 육중한 음색이 느리게 번져간다. 지후는 처마 끝에서 말라가며 떨어지는 물방울처럼 간절한, 어쩌면 응축되어 죽어가는 중일지 모를 아이크의 음색을 좋아한다.

너무 보고 싶었어.

고작 하루인데 며칠은 된 것 같아.

마주 보고 있는 연인의 빰이 저마다의 감성대로 붉어진다. 그리움과 설렘의 홍조.

개들 산책시키고 사료, 물 점검하고 왔어.

고마워. 모루, 유조, 두리, 베리, 모두 너무 보고 싶다.

지후가 안쓰러운 마음을 담아 이유에게 길게 키스한다. 탄성을 지녀 순식간에 지후 전체를 빨아들일 듯하던 그 입술이 아니지만 상관없다. 여전히 너무 좋다. 지후는 이유와 그렇게 한없이, 빈약한 현재가 지나간 시간의 끝자락과 다가올 시간의 앞자락을 당겨 푼더분해질 때까지 함께 있고 싶다. 그러나 할 일이 많다. 오늘은 회의도 있고 강의도 있는데 개들을, 심지어 지후의 개와 이유의 개들을 따로따로 산책시키느라 가뜩이나 늦었다. 그가 스마트폰으로 스케줄을 점검한다. PCR 유전자 분석 한 건, 간 조직 동결 검사 두 건, 검사 결과 보고서 작성……. 모두 끝내는 건 어차피 불가능하다. 이메일도 확인한다. 다행히 구청에서 보낸 메일은 없다. 또 하루, 시간을 벌었다는 생각에 안도한다. 연고자가 없기를, 있어도 무관심하거나 무기력하기를.

바쁠수록 돌아가라잖아. 커피부터 마셔.

이유가 지후가 들고 온 텀블러를 가리킨다. 그녀는 늘 그랬듯 지후가 어떤 기분인지, 신경이 끊어지지 않으려면 당장 무엇을 해야 하는지를 꿰뚫는다. 그렇다. 지금은 차를 마실 타이밍이다. 지후가 커피 한 모금을 마신다. 적당히 식어서, 며칠 사이 도로 불편해진 목을 편안하게 한다.

참, 인후염은 좀 어때? 정맥주사라는 게 별 효과가 없었던 거 아냐? 꽤 오래가네.

괜찮아. 신경 쓰지 마.

지후가 커피를 조금 더 들이켜고는 문득 생각났다는 듯 말한다.

참, 그 친구 만났어.

알렉스?

몇 마디 나누지 않았는데, 바쁘다면서 금방 일어서더라.

응. 그랬구나.

거짓말이다. 전날 알렉스는 많은 이야기를 했다. 그러나 많은 이야기가 무슨 소용이랴. 지후는 필요한 서류를 챙긴 후 이유에게 다시 입을 맞춘다.

다녀올게.

지후가 파악한 바로 알렉스는 이유와 일 년 정도 사귀었고 팔 개월 전에 헤어졌다. 이유를 떠나기 싫었다는 금발의 외국인은 뜻밖에 곰살맞고 수다스러웠다. 묻지 않은 부분까지, 살짝 거부감이 이는 영역까지 술술 풀었다. 알렉스는 한국말을 썩 잘했다.

아버지는 벨기에 사람, 어머니는 네덜란드 사람. 국적은 노르웨이예요. 독일에서 대학을 다녔고 한국에 육 년쯤 살았죠.

지후는 알렉스의 수다가 부담스러웠으나 국적이 노르웨이라는 대목에 이르러 불편함을 감수하기로 결정했다. 요하네스 아이크도 노르웨이 사람이었다. 지후는 말하기보다 듣기를 즐기는 자, 기꺼이 에쿠테écouteur의 입장이 되겠다는 걸 알리기 위해 팔짱을 꼈다.

다른 사람들에겐 그냥 유럽인이라고 소개해요. 하지만 이유에게는 자세히 다 말해줬어요. 당신에게도 그러고 싶네요.

알렉스는 이유를 많이, 아주 많이 좋아했다며 한숨을 쉬었다.

몇 달간 벨기에로 갔다가 돌아오면서 다시 이유를 만나고 싶다는 생각만 했어요. 헤어졌지만 여전히 사랑합니다.

알렉스의 아련한 눈빛이 그 말이 사실임을 드러냈다. 지후는 편하지 않았다. 그러나 알렉스는 지후의 감정을 모르는 듯했다. 물론 모르는 척했을 가능성이 더 큰데 어쨌거나 제 기분을 다 토로하고 싶은 모양이었다.

알렉스는 외국인들이 여행차 한국에 왔다가 종종 그러기도 하듯, 한국 문화에 반해 눌러앉았다. 살던 곳으로 훌쩍 떠났다가 돌아오기는 해도 한국을 영영 떠날 생각은 없었다. 기실 알렉스는 진득하니 오래 살았다고 할 만한 고향 같은 곳, 딱히 돌아가고 싶은 곳이 없었다. 한국이 오히려 고향 같았다.

알렉스는 이유를 클럽에서 처음 보았다고 했다. 이유는 높은 의자에 앉은 채 라임을 얹은 마르가리타 잔을 홀짝이고 있었다. 흘러나오는 음악의 리듬과 무관하게 손목을 돌렸고 발을 까딱였다. 제 귀에 들리는 음악이 따로 있는 듯했다. 낭만주의의 흔적이 역력한, 소위 빅토리아 시대나 벨 에포크로 불릴 만한 어느 때로부터 훌쩍 건너온 사람 같았다. 알렉스는 언제나 감탄했고 앞으로도 그럴 코로의 풍경화를 떠올렸다. 상상과 기억이 뒤섞인 그림 속 여인은 연녹색 잎이 무성한 커다란 나무 아래에서 그네를 타고 있었다. 천진한 아이처럼 혹은 근심 없는 새처럼 입속에 여러 개의 크림색 봉봉을 굴리면서. 이유가 딱 그런 여인이었다.

알렉스가 이름을 묻자, 이유는 다른 한자를 쓰는 이유理由와 제 이름이 같다며 싱겁게 웃었다. 알렉스는 제가 바로 그 이유EU에서 왔다며 이유보다 더 싱겁게 웃었다.

내가 이 여자 사랑하게 되겠구나, 바로 알았죠.

당시 알렉스는 한국 유흥 문화에, 구체적으로는 한국 여자들에게 제법 익숙해져 있었다. 익숙해졌다기보다 염증을 느끼던 참이었다. 적당한 상대, 아니 대상을 찾아 클럽을 헤매는 여자들, 자신에 대한 연민으로 폭발할 듯 위태로워 보이는 여자들, 노련하게 아첨하며 원하는 것을 얻으려 들거나 제 허영심을 만족시킬 뿐이면서도 아닌 척 생색내려 드는 여자들, 여자들……. 이유는 그들 아무와도 닮지 않아 보였다. 유흥가의 '클럽' 하면 떠오르는 전형적인 외모나 아니냐, 가령 염색이나 피어싱, 문신 등을 했거나 하지 않았거나와 관련이 없었다.

어떻게 다른 거죠?

지후의 질문에 알렉스는 조금 진부하게도 무드mood라는 단어를 썼고 분위기, 오라aura라고 덧붙였다.

클럽의 무드 정반대 쪽에 있었어요, 이유는. 부산하거나 날카롭거나 뾰족하지 않았죠. 코로의 풍경화처럼 고요했어요.

클럽에 있는 대부분이 21세기를 사는 젊은이답게 웃으면서도 울고, 공격적이면서도 방어적인데 이유만이 그렇지 않았다. 꾸밈없고 맑았다. 얌전한 듯했으나 그런 사람이 지니기 마련인 침울한 면은 없었다. "어쨌거나 내가 사랑스러웠다는 거지? 나도 당신이 사랑스러웠어." 알렉스는 언젠가 이유가 제게 그리 말했다며 해들해들 웃었다. 관계가 깊어지면서 알렉스는 점점 더 감탄했다. 이유는 비누 거품처럼 풍성한 사랑을 풀 줄 아는 사람이었다. 알뜰한 이유가 절약하지 않는 유일한 건 사랑이었다.

알렉스의 이야기를 들은 지후는 괜히 그를 만났다 싶은 후회가 일었다. 이유가 자신을 사랑하듯 과거에 누군가를 사랑했다니 질투가 끓었다. 그러나 그를 만나지 않고서 더 큰 질투를 키우는 것보다 나으리라 여겼다. 어쨌거나 지나간 사랑이었다.

그런데 알렉스와는 왜 헤어진 거야?

회의를 마치고 돌아온 지후가 노트북을 켜며 묻는다. 이유를 만난 지 반년밖에 되지 않은 지후는 많은 게 궁금하다.

다른 여자랑 만나는 걸 나한테 들켰어.

너를 사랑한다면서 다른 여자를?

그냥 기분 전환이 필요했대.

지후는 이유가 적당히 스스로를 위로하거나 합리화하려고

그렇게 말하지는 않았으리라 여긴다. 알렉스는 진심으로 이유를 사랑했을 테고, 진심으로 기분 전환이 필요했을 뿐일 것이다. 지후는 그런 사람들을 안다. 스스로에 대한 불만 때문에 자신을 방기하는 방식으로 상대에게 상처를 주고야 마는 사람들, 불안을 거세하기 위한 방편으로 더 지독한 불안을 끌어들여야만 하는 사람들. 지후의 어머니가 그랬다. 그래서 지후는 절대로 그러지 않는다. 기분 전환을 위해서라면 차라리 사람을 죽이는 게 나으리라.

진심으로 사랑한다면 모르는 척 넘어가 줄 수도 있지 않았어?

노트북 해상도가 마뜩잖아 절로 눈살이 찌푸려진 지후가 묻는다. 제 연구소에 있는 컴퓨터를 사용하는 게 더 편하겠지만 이유와 함께 있으려면 달리 방법이 없다. 화면에 사백 배로 확대된 림프절 사진이 뜬다. 이 밀리미터에 불과했을 조직이 크기를 가늠할 수 없는 생의 의문처럼 부풀어 있다. 정상 림프절이 아니라 전이된 암이 분명하다.

알고서야 어떻게 그래. 내가 안다는 걸 알렉스도 안 순간부터 전처럼 사랑할 수가 없었어.

지후가 고개를 끄덕인다. 암이라는 걸 알고서도 단순 종양이라며 무시할 수는 없다. 게다가 사랑에 미안함이나 모욕이 끼면 추레해지고 만다. 이유는 현명한 판단을 했다. 그녀처럼 전부를 걸어, 영혼의 깨알 같은 부분까지 죄다 긁어모아 사랑이라는 걸 하는 사람이 감당할 수 없고 감당해서도 안 될 영역이다.

알렉스에게 두리와 베리를 맡아줄 수 있는지 물어봤어.

언제 떠날지 몰라서 개는 기르지 않겠다고 했는데…….

알아서 하겠지. 참, 모루와 유조는…….

이유가 지후의 말을 막으려는 듯 고개를 가로젓는다. 저녁에 한민수가 개들을 데려가기로 한 것을 이미 알고 있다는 뜻이리라. 더불어 한민수 이야기는 하고 싶지 않다는 뜻이리라. 지후는 자신이 이유의 손가락 지문을 이용해 휴대전화를 열었으며, 가계부 혹은 매장 일지로 쓴 수첩을 보고 있다는 사실을 그녀가 모르지 않으리라 짐작한다. 지후는 아직도 이유 근처를 맴도는 남자들 모두에게 연락할 작정이고, 그들을 탐구할 예정이다. 미심쩍은 게 있다면 반드시 잡아낼 생각이다.

알렉스와 한민수 이전에 만났던 사람들은?

몰라. 연락이 끊겼어.

엄밀히 말해 연락이 끊겼다기보다 이유가 받아 주지 않은 거였다. 지후는 휴대전화에 기록이 남은 한민수와 알렉스 외에 이름조차 뜨지 않는 몇 사람이 구차한 호기심 혹은 퇴색한 그리움 따위를 담아 이유에게 말을 걸곤 한 것을 알고 있다. 어찌 지내……. 비 오네……. 문득 생각났어……. 그러나 이유는 단 한 번도 그런 문자에 답하지 않았다. 전화기를 바꾸면서 전화번호만 없앤 게 아니라 추억조차 삭제한 듯했다. 지후는 그게 좋으면서도 한편으로 의아했다. 이유에게 가까운 가족이 전혀 없다는 사실을 아는 지금으로서는 의아함을 넘어서서 난감할 지경이다. 가족 이야기만 나오면 이유는 늘 다른 데로 화제를 돌렸었다.

지후는 시기를 가늠해 본다. 자신과 반년을 만났고, 이전에 알렉스와 사귄 게 일 년 정도다. 단말기를 바꾼 게 삼 년 반 전쯤이니 한민수와는 적어도 이 년을 만난 셈이다. "아……. 그런……." 지후가 전화했을 때 한민수는 말을 잇지 못했다. 어쨌거나 모루와 유조는 이유가 한민수와 동거를 하면서부터 키웠던 개들이고, 그간 이유가 키웠으나 이제 한민수가 맡는 게 맞다. 지후는 부산에서 올라올 한민수를 배려해 평소보다 일찍 매장으로 갈 예정이다. 밀린 일들은, 받아는 두었으되 언제 쓸지 알 수 없는 각종 사은품처럼 던져두면 된다.

지후가 한민수와 통화하며 차에서 내린다.

한 시에 출발했는데 아직 안성이네요.

괜찮습니다. 천천히 오세요.

지후는 감정을 드러내지 않으며 말했으나 만나기도 전에 한민수가 못마땅하다. 〈러브이유〉라는 상호가 붙은 매장을 바라보며 담배를 피워 문다. '러브'와 '이유' 사이에 작은 구슬들로 모자이크한 하트 조형물이 박혀 있다. 사랑의 이유, 이유의 사랑. 이유는 사람뿐만 아니라 개들에게도, 공원에 가끔 출몰하곤 하는 너구리에게도 아낌없이 사랑을 베풀었다.

개들을 데려가려는 사람이 나타났나요?

전직 장관이 기척도 없이 다가와 있다. 공원을 한 바퀴 돌고 온 모양인지 갈걍갈걍한 얼굴이 땀으로 번들거린다. 그 역시 여느 노인들처럼 공원의 이러저러한 운동 기구에 붙어 남은 생을 늘리려 고투한 걸까.

네. 오늘 두 녀석은 해결이 될 것 같습니다.

잘됐네요.

지후는 그에게 개를 맡을 의사가 있는지 다시 묻지 않는다. 그는 완곡하게 말했으나 확실히 거부했다. "풀꽃 하나와의 인연도 덜어야 할 때입니다." 타인에게가 아니라 스스로에게 잔혹하게 구는 게 더 낫다는 걸 체득한 후 그걸 강령으로 세워 지켜온 자의 얼굴이었다. 전직 장관은 정치판에서 좀체 보기 드문, 올곧고 검소한 사람으로 기억되고 있었다.

그렇게 대단한 인물이었던 장관과 이유는 친하게 지냈다. 세대를 뛰어넘어 친구가 되었다고나 할까. 이유는 노인을 배려하고 노인은 이유를 존중한다. 지후가 아는 한 두 사람은 그런 관계였다.

사건이 일어난 후 괴이쩍은 소문이 돌기는 했다. 전직 장관에게 구원舊怨이 있는 데다가 그가 몸담았던 정치 세력을 싫어하는 어떤 언론사는 '60년 나이 차' 어쩌고로 시작하는 황당한 기사를 냈다. "늦게까지 잠이 오지 않을 때 야간 산책을 하기도 합니다."라고 말하는 장관의 어투가 살짝 으르렁거리는 듯했다고 언급한 관계자의 말을 인용하기도 했다. 그러나 많은 사람이 의혹을 믿지 않았다. 삶은 호박에 이도 안 들 소리라 여기는 이들이 대부분이었다.

지후 역시 그런 쪽으로는 일말의 의심도 하지 않는다. 그러나 그날의 정황상 다른 무언가가 있을 수 있다고는 생각한다. 끈적끈적하여 쉽사리 떨어지지 않는 짐짐한 무언가, 정체를 알 수 없어 더욱 석연찮은 무언가……. 어쩌면 그날 노인이 지나치게 침착해 보여서일지 모른다. 그는 흥분하지도 비통해하지도 않았다. 지후는 당시에는 경황이 없었으나 후에 그 사실을 상기했다.

이유와 가까우시죠?

가깝다는 기준이 뭐죠? 아래윗집에 살았으니만큼 가깝긴 했죠.

노인이 맞은편, 그러니까 이유의 집과 제집을 손가락으로 가리킨다. 리모델링을 거쳤어도 건물은 여전히 낡고 추레하다. 집주인도 비슷한 모습이다. 필수 불가결한 감가상각을 담담히 받아들이고 있는 듯 보인다.

집에 애정이 많으시다고 들었습니다.

아내와 내게 추억이 많은 곳입니다. 예전에는 우리가 세를 살았죠.

지후는 전 장관의 부인이 집을 산 사연을 기사로 읽은 적 있다. 전직 장관의 아내는 다음 해에 발병하고 그다음 해에 세상을 떠날 것을 미리 알았던 듯 별안간 통보했다고 한다. "삼십 년도 더 됐을 텐데 여전히 그대로지 뭐예요. 싸게 샀어요." 그 집에 살던 시절 전직 장관의 정치생명을 위태롭게 하는 사건이 일어났다. 형제처럼 지내던 그의 친구가 스스로 목숨을 끊었다. 당시 예순 안팎의 나이에 이른 열혈 정치가는 한 계단을 오르면 더 오를 수 있었으나 한 계단을 내려가면 영원히 나락으로 떨어질 처지에 있었다. 세간에는 그 친구가 예민한 정치적 사안에 휘말린 그를 구하기 위해 그랬거나 누군가에게, 즉 다른 지지자에게 암살당했으리란 소문이 돌았다. 무너지려던 정치인을 온몸으로 떠받친 게 그의 아내였다. 그녀의 소박한 생활관, 끝없는 기부, 남편을 위한 극진한 정성 등이 화제에 올랐다. 아내의 내조가 없었더라면 그는 결코 그 높은 자리까지 이르지 못했을 거였다. 전직 장관은 첨예한 한 시기를 보낸 곳에서 말년을 보내라는, 이상하다면 이상할 법한 망처의 유언을 착실히 따랐다.

거리를 두고 집을 보고 있어서일까, 전직 장관은 감회가 새로운 모양이다.

우리가 가장 오래 산 곳이기도 해요. 돌아오길 잘했네요.

지후 역시 갑자기 감정이 북받친다. 그간 이유와 자신을 반기고 다독이고 고무한 곳이 아닌가…….

그럼, 다음에 또 봅시다.

노인이 돌연 손을 흔들더니 설멍설멍 걷기 시작한다. 마음 편히 사라지기로 작정한 듯한 그림자가 빠르게 그를 따른다. 지후도 담배를 끄고 매장으로 향한다. 아침 산책 이후로 아무런 '기분 전환'을 하지 못했을 개들이 요란하게 지후를 반긴다. 지후는 한민수가 오기 전에 개들을 한 번 더 산책시키기로 한다.

긴 시간 운전을 한 한민수는 지쳐 보인다. 삶이 고단하기 마련이라는 걸 일찌감치 터득하고서도 새로 직면한 고단함을 제대로 갈무리하지 못한 사람 같다. 이미 꺾였던 목을 억지로 세웠다가 무능력을 통감하며 다시 힘을 빼버린 작약 같달까.

지후는 생강차를 준비한다. 이유가 지후의 인후염에 도움이 될 거라며, 유기농으로 재배한 생강을 저며 정성껏 만든 것이다. 지후가 컵을 내밀자 한민수가 기계적으로 받아 들고는 안개에 싸이기라도 한 듯 두리번거린다.

이유답네요.

이유가 습진이 생긴 손등과 할퀴인 팔뚝을 문지르며 아침부터 밤늦게까지 개들을 목욕시키고 발톱과 털을 깎이고 또 그 개들과 함께 작은 방에서 자고……. 그렇게 열심히 벌어 아낀 돈과 시간과 에너지를 사랑하는 사람에게 다 쓰며 산 것을 익히 안다는 말이렷다. 이유가 그런 사람인 건 맞다. 현재의 제 사랑이 곧 출발할 고난의 열차를 움직이는 연료가 된다고 해도 눈살 한 번 찌푸리지 않을 것이다. 지후는 단 한 번도 그 사랑을 그냥 받지 않았다. 고스란히, 아니 그 이상으로 돌려주었다. 그러나 한민수는 그런 사랑을 야금야금 먹어 치우기만 했을 것이다. 기실 지후는 이유가 한민수와 같은 자를 도대체 왜 사랑했는지 이해할 수 없다.

너무 미안해서 헤어졌어요.

한민수가 돌멩이 던지듯 말을 툭 던진다. 지후는 지난번처럼 경청하는 자가 되고 싶지 않으나 이미 팔짱을 끼고 있는 자신을 발견한다.

그리고…… 헤어질 수밖에 없었어요.

한민수는 건축 자재를 납품하는 아버지 사업을 물려받았다. 잘되지 않을 수 없는 사업이었는데도 자꾸 무언가가 어그러졌다. 이유와 사귄 삼 년간, 이 대목에서 지후는 예상보다 기간이 길어 저도 모르게 인상을 썼는데, 한민수는 늘 돈에

쪼들렸고 이유의 신세를 졌다. 어느 날 한민수는 어머니의 성화로 관상만 보고도 다 맞힌다는 도사를 찾아갔다. 도사가 복잡하게 꼬아서 생각할 게 없다는 듯 단정적으로 말했다. "여자 때문이야. 원진살이 끼어서 같이 있으면 뭘 해도 안 돼." 한민수의 어머니가 기다렸다는 듯 반색했다. "그럴 줄 알았어. 당장 헤어져." 한민수는 아무것도 해줄 수 없어서, 이유에게 미안해서 헤어지는 거라 자위했고, 이유에게도 그렇게 말했다. 기이하게도 사업은 그간 서로가 서로의 원수인 걸 몰라서 낭패를 본 게 틀림없었다는 듯 이별 후에 순풍을 탔다. 한민수는 상황이 좋아지자마자 이유에게 다시 문자를 보냈고 전화했고 애걸했다. 그러나 이유는 딱 한 번 통화한 후 다시는 반응하지 않았다.

이미 다른 사람을 사랑하고 있다고 하더라고요.

알렉스일 거예요.

뭐 이름까지 알 필요는 없고요. 이유는 원래 그런 사람이니까…… 받아들였어요.

원래 그런 사람이라…….

지후는 이유를 잘 알고 있는 듯 말하는 한민수가 점점 더 싫어진다. 이유가 아낌없는 사랑을 베푼 건, 사랑이 쉬워서거나 감정이 후해서가 아니다. 이유는 그저 진솔했을 뿐이다. 언젠가 지후가 왜 자신을 사랑하는지 물었을 때 이유는 장난스레 답했다. "내 이름이 이유라도 그건 모르겠어. 사랑에 이유가 있나?" 지후는 가감 없이 그 말을 받아들였다. 그런 이유의 사랑을, 한민수와 같은 작자는 결코 알지 못할 것이다. 아니, 알아서도 안 된다.

길이 멀어서 이만 가봐야겠습니다.

한민수가 입에도 대지 않은 컵을 내려놓으며 일어선다. 지후도 굳이 그와 더 이야기를 나누고 싶지 않다. 지후가 잡다한 반려견 용품이 든 가방을 챙기는 사이, 한민수가 옛 친구를 따를 태세에 돌입한 모루와 유조를 줄에 묶어 나간다. 곧 한민수의 지프 랭글러가 낙심한 밤거리로 스며든다. 지후는 저도 모르게 쯧, 혀를 찬다. 아무리 그래도 한갓 점술가에 불과한 사람의 말을 따르다니, 너무 우습지 않은가. 자신이라면 단지 그런 까닭으로 그렇게나 아름답고 매력적인 이유를 떠나지 않았으리라 생각한다.

아름답고 매력적인 이유라……. 어쩌면 그건 지후의 주관적인 감상이거나 확증편향에 불과할지 모른다. 그 동네를 오가며 이유를 본 어떤 사람들, 외모 평가를 자제하는 데 익숙지 않으며 심심해서 아무 말이나 주고받는 그네들은 대개 이렇게 말하곤 했다. 왜 그 장관네 집에서 개 목욕시키는 여자 있잖아, 웃을 때 송곳니가 드러나는 게 맹해 보이더라고. 오른뺨에 있는 게 보조개였어? 흉터인 줄 알았는데……. 가슴도 밋밋하고 너무 말랐어. 여름이나 겨울이나 손이 늘 부르터 있더라고……. 그러나 지후는 전혀 다르게 보았다. 이유가 지닌 어느 것 하나 아름답고 매력적이지 않은 게 없었다. 신기하게도 함께 있지 않을 때 경탄이 더 솟구치기도 했다. 지후는 무언가를 먹거나 마시다가 반짝이는 그 송곳니가 떠오르면 저도 모르게 제 이를 만져보곤 했다. 귀여운 보조개 속에 쏙 빠지거나 부드러운 가슴 사이에 파묻힌 꿈을 꾸다가 깰 때면 침대에서 쉽게 빠져나오지 못하기도 했다. 지후가 가장 감탄하는 건 앙증맞은 손이었는데 머릿속에서 그 손은 늘 흠 없이 매끈하고 보드라웠다.

사랑에 빠진 걸 알았을 때, 지후는 진드기를 떠올렸다. 자신이, 긴 시간 꼼짝하지 않고 나무 위에서 기다리다가 매혹적인 젖산 냄새, 따뜻한 온기에 끌려 휙 몸을 던진 진드기와 같다고 생각했다. 학부 시절, 웍스킬의 움벨트에 대해 배우면서 진드기에 대해 들었다. 생물학 교수는 아카리나Acarina라는 학명보다 진드기라는 우리말이 더 많은 걸 이야기한다며 진득진득 웃었다. 진드기는 조건이 맞지 않으면 언제까지고 기다릴 줄 알았다. 무려 십팔 년을 기다린 진드기도 학계에 보고된 바 있었다.

지후는 이유에게로 몸을 날려 떨어진 순간, 오래 그리워한 냄새, 온기, 촉감에 거의 정신을 잃을 지경이었다. 이유는 가만히 지후를 받아 주었다. 제 피부 어딘가에 자리를 잡고서 마음껏 피를 빨고 포만감을 느끼도록 내버려두었다. 아니, 오히려 더욱 그러도록 독려했다. 지난 육 개월, 지후는 육 년, 아니 육십 년을 이유와 함께 산 듯했다. 시간의 교란을 기껍게 경험했다.

어쩌면 그날 아침 초봄의 살바람이 은밀히 무언가를 작정했기 때문일지 몰랐다. 지후는 병원 가까운 곳, 찰리를 산책시키기 좋은 곳으로 이사한 후 몇 년째 공원을 드나들었으나 이전에 그렇게 여러 마리의 개를 산책시키는 여자를 본 적이 없었다. 그녀는 신경질적으로 개를 끌거나 다그치지 않았다. 포상도 없고 체벌도 없는데 단지 너무 재미있을 뿐이어서 놀이에 몰두한 아이 같았다. 친한 개들과 놀러 나온 또 다른 개처럼 보였다고 할까. 지후는 살짝 흥미를 느끼며 무리를 뒤따랐다. 사고가 생긴 건 순식간이었다. 여자의 치와와가 날카롭게 짖었고, 지후의 로트바일러가 덤볐다. 찰리는 입마개를 하고 있었으나 온몸으로 제 개를 감싼 여자가 찰리의 발톱에 할퀴였다. 옷 어깨 부위가 찢겼고 목에 핏방울이 맺혔다. 지후가 급히 줄을 당기고 찰리를 진정시키는 동안 여자는 가만히 움츠리고 있었다. 개들을 자극하지 않으려고 그랬겠으나 기이하게 정적이었다. 어떤 생명에게도 위해를 가하지 않으려는 따뜻한 절제. 지후는 전율했다. 거대하고 묵직한 젤리 같은 게 가슴을 천천히 훑고 지나갔다. 쿨렁, 쿠울렁. 꿀벌의 움벨트에서 꽃이 그러는 것처럼 지후의 움벨트에서 이유가 빛을 뿜었다. 지후는 사과를 하고 치료비를 물면서 어렵잖게 이유와 가까워졌다.

지후의 진드기 세계가 와글바글 이유를 반겼다. 지후는 꾸밈없이 마음을 드러내고, 그러면서도 시종 무람한 듯한 이유를 사랑스럽게 여기지 않을 도리가 없었다. 게다가 이유는 지후가 그간 간절히 원한 어떤 세계, 이전에 여러 상대를 전전하면서도 한 번도 이해시키지 못한 이질적인 세계를 기꺼이 받아들였다. "다 좋아. 당신이 좋아해서 더 좋아." 이유는 투명하게 웃었고, 제 세상을 '지후를 사랑하는 세상'으로 명랑하게 바꿔나갔다. 지후는 흐뭇했다. 기지개를 켜고 슬리퍼를 신고 창문을 열고 신발 끈을 꿰는 이유의 사소한 일상 켜켜이 지후의 형질이 스며드는 게 보였다. 지후 자신의 일상도 마찬가지였다. 실험실 책상, 노트북, 현미경 등에 이유의 색, 모양, 속성이 배었다.

모루와 유조, 잘 보냈어.

지후가 이유를 가볍게 포옹하며 전날 일을 보고한다. 이유의 눈이 까맣게 반짝인다.

고마워.

고맙긴…….

지후는 이유를 힘껏 안아준 후, 노트북을 켜고 강의 내용을 정리한다. 학부생들에게 세포 자살 즉 아폽토시스Apoptosis가 일어날 때, 세포의 핵, 세포막, 염색질 등이 어떻게 변화하는지 설명할 예정이다.

의식이 없는 세포가 전체를 위해 자폭하다니, 놀랍지 않아?

지후가 묻자 이유가 송곳니를 드러내 보이며 웃는다.

세포가 의식이 없다고 누가 그래? 내 세포들 하나하나가 자기를 열렬히 사랑한다고 말하는데?

이유의 살가운 말에 지후의 세포들이 일제히 반응한다. 지후의 몸이 어느새 이유 가까이 가 있다. 그러나 이유는 금방 새로운 걱정이 생긴 모양이다.

두리와 베리는? 아직 맡아줄 사람이 나타나지 않았어?

조화를 이룰 줄 아는 지후의 세포들이 이유의 세포들을 안심시킨다.

정 안 되면 내가 키울게. 며칠만 더 기다려 보자.

찰리가 싫어할 거야. 게다가 자기는 바쁘잖아.

지후도 알고 있다. 찰리를 건사하기만도 벅찬 데다가 찰리가 저보다 덩치가 작은 개를 변덕 없이 내내 받아 줄지 미지수다. 이유의 눈에 눈물이 그렁그렁하다. 한여름 가지를 뻗는 나무처럼 이유의 사랑은 늘 그렇게 경계를 모른다. 어떤 문화적인 상투성, 어떤 인류학적인 저속함도 넘어서 버린다. 도대체 사랑이 무언지 아느냐고 묻는 회의적인 냉소도, 영원성을 폄훼하는 도전적인 반항도, 눈앞의 것만을 탐닉하는 단작스러움도 없다. 이유의 사랑은 감정도 선택도 아니다. 존재 그 자체다. 사랑의 폭발! 지후는 더는 참을 수가 없다. 함께 있어도 여전히 그리운 이유의 입술에 입을 맞춘다. 이어 공룡의 시대부터 자리를 지켜왔을 법한 작고 단단한 쇄골, 조금 쓸쓸한 들판에 다정하게 솟은 둔덕 같은 가슴, 따뜻한 에너지를 담아 회오리치고 있을 법한 배꼽……. 지후의 영혼이 그 모든 성지를 감탄하며 거쳐 간다. 순례하는 동안 저간의 너절한 일상이 모두 정화되는 듯하다.

이유와 처음 몸을 섞은 날도 그런 기분이었다. 이유의 몸짓은 지후가 쉽게 긍정하지도 외면하지도 못한 상처를 치유하는 듯했다. 어미의 자궁에서 갓 나온 아기를 대하듯 조심스러운 손놀림이 특히 그랬다. 사려 깊은 손이 지후의 몸뿐 아니라 마음까지 조립하고 세우고 윤을 냈다. 곧 손이 아니라 발, 무릎, 혀, 머리카락 하나하나까지 지후에게 닿았다. 이유라는 개체 혹은 인간은 그 자리에 있지 않은 것 같았다. 지후를 감싸안은 커다란 지구, 아니 드넓은 우주가 지후 하나만을 목표로, 지후만을 위해 도는 듯했다. 지후는 이유와 배꼽이 맞닿은 자리에서, 여태 꼭꼭 숨기 급급했던 자아가 까르르, 무구하게 웃음 터뜨리는 소리를 들었다. 지후는 완전히 새로운 사람이 된 듯했다. 너무 아름다워 살짝 눈물이 흐르기도 했다.

지후가 쉽게 흘려 버리고 싶지 않은 현재에 골몰한 채 이유에게 묻는다.

좋아?

응. 사랑해.

이유가 하는 말 '사랑해'는 한결같이 귀하다. 지후는 극진한 마음으로 자신을 던진다. 이유에게 더 많은 걸 해주고 싶다. 오지 않은 미래까지 끌어들여 언제까지나 이유를 사랑할 것이다. 사랑하지 않을 이유가 없다. 이유 또한 더는 다른 사랑으로 옮겨 갈 이유가 없을 것이다. 지후는 경건하게 이유의 세계를 음미한다.

지후가 아침 산책을 마친 후 개들의 줄을 풀고 있는데 알렉스가 매장으로 불쑥 들어선다. 커피 두 잔을 내민다.

아아와 라테 어느 쪽이에요?

지후는 따뜻한 아메리카노를 즐겨 마시므로 둘 다 취향이 아니지만 아이스아메리카노를 받아 든다. 가을답지 않게 여전히 더워서인지 갈증이 난다. 개들을 들여놓자, 알렉스가 매장 입구에 적힌 안내문을 가리킨다.

내가 두리 데려갈게요. 두 마리는 어려울 것 같아요.

지후가 고개를 끄덕인다. 스피츠인 두리와 미니핀 베리는 사이가 썩 좋지만 함께이지 않아도 괜찮을 것이다.

지금 데려갈래요?

그게 낫겠어요.

지후가 눈에 띄는 대로 용품들을 챙기는 사이, 알렉스가 두리의 하니스에 줄을 연결하며 묻는다.

얼마나 걸리죠?

아직은 알 수 없습니다.

이유……. 이유가 보고 싶어요.

알렉스가 그리움이 가득 담긴 눈빛으로 지후를 바라본다. 지후를 통해 이유를 보려는 걸까? 지후는 썩 달갑지 않다.

연락드릴게요.

두리는 알렉스가 낯설지 않은 듯 쉽게 따라 나간다. 지후는 베리의 머리를 잠시 쓰다듬어 준 후 매장을 나선다. 온종일 홀로 있어야 할 개에게 미안하지만, 도리가 없다고 생각한다.

기어이 구청에서 전화가 온다.

보육원 출신입니다. 알고 계셨나요?

알고 있다마다. 물론 며칠 전에 제대로 알았을 뿐이다. 어쨌거나 시간을 벌려고 일부러 모른 척했다. 지후가 전화기를 스피커 모드로 전환하고는 이유의 수첩을 빠르게 넘기며 반문한다.

그런가요?

어쨌든 연고자를 찾을 수 없는 상태니 공문 발송하겠습니다.

지후는 구청 공무원이 이전의 고분고분한 태도를 버리기로 한 것을 느낄 수 있다. 휴대전화 밖으로 딱딱하게 굳은 가래떡 같은 결의가 흘러나온다. 지후가 가래떡보다 더 단단한 쇠 파이프 같은 태도로 말한다.

의심스러운 점이 있습니다. 사흘 후에 결과를 알려드리겠습니다.

정식으로 절차를 밟으시지요. 임의로 결정하실 수는 없습니다.

끊겠습니다.

지후가 수첩을 탁 닫고는 일어선다. 왜 하필 이렇게나 성실한 공무원이 일을 맡은 걸까.

괜히 전화 받았어.

지후가 짜증스레 말하자 이유가 달랜다.

언제 받아도 받아야 할 전화잖아.

지후는 이유가 평소에도 가끔 그러듯 다리를 더블유 모양으로 접어 앉는 걸 물끄러미 본다. 언젠가 지후가 따라 해 보려 했으나 비슷하게 흉내도 내지 못하고 다리에 쥐만 나고 말았던 자세다. 무언가 할 말이 있을 때 이유는 그렇게 앉는다. 고개를 살짝 기울이며 묻는다.

그나저나 자기는 도대체 뭐가 의심스럽다는 거야?

결과가 모두 아나필락틱 쇼크anaphylactic shock를 가리키지만 믿기지 않아. 인두부의 울혈은 조금 심한 정도에 불과했는데……. 정말이지 이유가 없어. 지병도 없고 평소에 복용하던 약도 없고.

수면제가 검출되었다며?

극소량이었어. 유의미하지 않은 양의 졸피뎀. 아마 반 알 정도였을 거야.

자긴 참 까다로워.

이유가 기지개를 켜며 환하게 웃는다. 너무 귀엽다. 지후는 당장이라도 그녀를 번쩍 안아 들고 어딘가로 가고 싶다. 아무도 모르는 곳으로, 누구도 범접할 수 없는 은밀한 공간으로 함께 사라져 버리고 싶다. 지후가 진드기의 세계로 선뜻 건너가며 이유를 껴안는다. 곧 공간 전체가 '이유가 지후를 사랑하는 세상' 혹은 '지후가 이유를 사랑하는 세상'으로 바뀐다.

저녁에 지후는 사랑이 아니라 필요만이 가득 찬 듯한 전직 장관의 세상으로 들어선다. 같은 건물에 있으나 이유의 집과는 대조적이다. 그녀의 가구들이 누구든 환영하는 삽삽한 빛을 뿜는 데 비해 노인의 가구들은 누구도 귀찮다는 듯 방어적인 색을 띤다. 삶을 정리해 가려는 주인의 의지가 돌올하게 드러난 듯하달까.

지후가 다시 한번 모르쇠를 당할 각오를 한 채 이미 했던 질문을 또 한다.

이유와 친했던 거죠?

친구였지요.

전직 장관은 가깝다는 기준이 뭐냐고 묻던 이전보다는 조금 누그러진 태도를 보인다. 그러나 역사박물관 같은 곳에서 추억에 잠기지도 감동을 느끼지도 않고서 그저 그런 시절이 있었지, 무심히 수긍하는 얼굴이다. 어쨌거나 강해 보인다.

생강차 드시겠습니까? 참, 인후염은 괜찮아졌나요? 이유 씨가 걱정을 많이 하더군요. 생강청을 제게도 좀 주었습니다만…….

전직 장관이 지후의 대답을 기다리지도 않고서 차를 준비한다. 컵에 생강을 푹 떠서 넣더니 끓인 물을 붓고는 지후 앞에 놓는다. 노인은 일부러 지후와 마주 앉기를 피하려는 듯 개수대에 등을 기댄 채 비스듬히 선다. 지후는 그가 원래의 습성을, 기껏 연마해 온 좋은 자질을 일부러 버리려는 사람처럼 부자연스러워 보인다고 생각한다.

제가 묻고 싶은 건…….

잠시 제 아내 얘기를 하고 싶네요.

노인이 무뚝뚝하게 지후의 말을 막는다. 표정이 조금 달라져 있다. 감당해야 할 것을 감당하려는 자의, 얼마간 비장하기까지 한 얼굴……. 지후는 살짝 긴장한다.

아내는 헌신적인 사람이었습니다. 무엇을 하든 하지 않든 전부 나를 위해서 했어요. 이 집도 내가 혼자 남을 줄 알았다는 듯이, 돌아가기 몇 해 전에 느닷없이 구입했죠.

지후는 전직 장관의 의중을 가늠할 수가 없다. 돌연 왜 자신의 죽은 아내를 언급하는 걸까? 어디서나 누구에게나 주저리주저리 제 이야기를 읊어대는 사람이 있기 마련이지만 그가 그런 사람일 리 없다.

아내는 멍이 자주 들었습니다. 아내가 자는 사이 누군가가 꼬집거나 때린 건 당연히 아니었지요. 그냥 어딘가에 자꾸 부딪혔어요.

지후는 장관이 이유의 멍 자국에 대해 이야기하는 것이라 짐작한다. 그녀의 멍도 누가 꼬집거나 때려서 생긴 게 아니었다. 그러나 그 멍이 사건과 무슨 관련이 있다는 걸까? 지후가 전문가다운 태도로 장관의 말을 끊는다.

이유의 멍 역시 다른 병변에 의한 게 아니라 그저 일상생활에서 발생한 소소한 것이었습니다. 저는 그날 일을 한 번 더

여쭙고 싶습니다만…….

노인이 천둥벌거숭이 보듯 지후를 일별하더니 말한다.

바로 그 얘기를 하는 겁니다. 아내는 내게 너무 헌신적이었습니다. 아무도 모르는, 심지어 자신조차 의식하지 못하는 커다란 사랑을 주느라……. 숨은 아내가 드러난 아내를 나무라는가 하면, 난폭한 아내가 온화한 아내를 다그치기도 했지요.

지후는 갈피를 잡을 수 없는 이야기에 어찌 반응해야 할지 알 수가 없다. 여러 인격이 들어 있는 듯한 전직 장관의 아내? 그게 자신과 또 이유와 무슨 상관이란 말인가? 무심결에 차를 들이켠다. 너무 뜨거워서 여전히 차도가 없는 목에 자극이 간다.

무슨 말씀이신지…….

넘쳐 난 사랑은 가끔 길을 잃기도 합니다, 당사자의 의도와 상관없이. 어디까지나 제 느낌일 뿐입니다만.

지후는 의문이 가득한 눈으로 노인을 본다. 두서없이 이야기를 늘어놓는 게 그저 나이 때문일까? 노인은 잠깐 사이에 열 살은 더 나이를 먹은 듯, 그러니까 백 살이 되어 죽음에 한층 가까이 다가가기라도 한 듯 지쳐 보인다.

그날의 정황에 대해서는 더 드릴 말씀이 없습니다. 경찰에 진술한 대로 산책하고 돌아오다가 〈러브이유〉의 개들이 몹시 불안해하는 소리를 들었습니다. 개들은 짖는 게 아니라 낑

낑대고 있었어요. 이상하다 싶어 문을 두드렸고 전화를 걸어 보았고 심상찮아서 유리창을 깼을 뿐입니다.

이유가 외출했으리라고는 생각하지 않으셨나요?

전직 장관이 돌연 딱딱한 시선을 던진다.

그 밤에 당신이 이유 씨와 함께 있지 않았습니까?

그럴 까닭이 없는데도 지후의 온몸이 굳는다. 함께 있었던 게 사실이다. 그러나 그건 경찰에도 병원에도 모두 알렸다. 지후에게는 아무런 혐의점이 없었다. 지후가 택시를 타고 병원으로 가면서 이유와 통화를 한 기록이 증거였고, 택시 기사도 그렇게 증언했다.

함께 있다가 갑자기 온콜이 떨어져서 나갔더랬습니다. 제가 알았을 때는, 아시다시피 이미 그런 상황이었고요.

전직 장관이 마시던 컵을 내려놓는다. 더는 말하고 싶지 않다는 듯한 태도다. 지후는 체했을 때처럼 징건한 느낌에 사로잡힌다. 일전에 그랬던 것처럼 끈적끈적하여 쉽사리 떨어지지 않을 짐짐한 무언가, 정체를 알 수 없어 더욱 석연찮은 무언가가 감지된다. 어쩌면 사람들이 이유를 두고 '장관네 미용사'라고 언급하며 무심코 짚었던 어떤 본질의 한 자락이 흘긋 드러난 것일 수도 있다. 흐리마리한 무언가가 지후의 온 신경을 간지럽힌다. 그러나 초점이 맞지 않는 현미경을 들여다볼 때처럼 좀체 형체가 잡히지 않는다.

갑자기 노인이 하품을 한다. 그가 개수대에서 몸을 떼더니 현관 쪽으로 두어 걸음을 옮기며 말한다.

늙어서 아무 때나 졸립니다. 이제 그만 가보시죠.

지후는 쫓겨나듯 전직 장관의 집을 나선다. 낮은 축으로 길게 이어진 계단을 내려오는데 그가 위에서 불쑥 한마디를 던진다.

어쨌거나 이유 씨는 후회하지 않을 겁니다.

지후는 고개를 돌린다. 그러나 노인은 이미 문 뒤로 사라지고 없다.

더는 안 됩니다. 절차대로 오늘 용역 업체가 나갈 겁니다.

성실한 게 아니라 옹고집인 게 분명한 공무원은 절차, 또 절차만을 강조한다. 지후는 대꾸하지 않은 채 전화를 끊어 버리고는 검시대로 간다. 눈처럼 포슬포슬 쌓았을 기쁨과 적당히 키질해서 덜어냈을 슬픔, 그런 기쁨과 슬픔을 알맞게 버무렸을, 크게 서운하지도 크게 모자라지도 않았을 어떤 생을 물끄러미 응시한다. 그러나 과연 정말, 정말로 서운하지도 모자라지도 않았을까.

지후가 응급실 의사들이 작성한 초기 검안서를 다시 살핀다. 하지만 누락되거나 간과한 부분은 없어 보인다. 응급실로 이동 중 심폐소생술을 시도했으나 효과가 없었고, 병원 도착과 동시에 호흡이 멎은 것으로 나와 있다.

입술과 혀에 청색증. 인두부에 수종과 울혈. 소변과 혈액에 독물 없음. 극미량의 졸피뎀……. 멍 자국 있으나 유의미하지 않음. 성관계 흔적 있으나 성폭력 흔적 없음. 타살 정황 없음. 검안과 X레이, CT 소견 모두 일치. 아나필락틱 쇼크 후 심정지로 인한 사망 추정.

그러나 지후는 돌연사에 이의를 제기했다. 동료 의사들이 다 뛰어나와 말릴 정도로 격렬히 항의했다. 결국 경찰이 부검 여부를 결정하기 위해 친인척을 찾기로 했다. 지후는 간신히 시간을 벌었으나 그간 아무것도 알아낸 게 없었다.

경찰의 승인도 없이, 동료 의사도 없이 혼자 부검을 하는 건 불법이다. 그러나 지후는 어쩔 수 없다고 생각한다. 제 인생이 송두리째 날아간다고 해도 정말이지 도리가 없으리라 여긴다. 최소한 가슴만이라도 열어보리라. 그 작은 가슴, 아니 물리적인 외양을 넘어선다면 오히려 너르디너르다고 할 수 있을 그 가슴을 확인하지 않고서는 아무것도 받아들일 수 없을 것 같다.

지후가 핀셋, 겸자, 죔쇠, 톱, 가위 등을 가지런히 놓는다. 이 순간 지후는 온전히 병리의사인 닥터 최로 서 있다. 이십여 년 익힌 의학적 지식을 예리한 칼처럼 벼린 상태로, 사십여 년 숙성시킨 삶의 지혜를 곡진하게 다듬은 상태로 침착하게 손을 놀리기 시작한다.

먼저 흉곽 노출. 메스가 어깨에서 치골까지 Y자를 그리며 피부를 가른다. 흉골 절개. 립시저가 갈비뼈 양쪽 연골 부위를 자른다. 기관지 절개. 한때 바람을, 열기를, 들뜨거나 가라앉는 수많은 감정을 통과시켰을 꽈리들이 숙연한 종소리를 낸다. 이어 해부 가위의 신중한 춤사위. 그저 장기일 뿐인 폐, 심장, 간 등이 허탈하게 드러난다. 빠르게 도망가는 피를 붙잡지 못했을 혈관들은 지난날을 후회하듯 축 늘어져 있다. 흉막 아래 출혈반, 장기 울혈상, 점막과 장막하에 일점혈……. 모두 일반적인 급사를 가리키고 있다.

지후는 의사로, 인간으로 살아온 모든 경험을 집약해 시신을 주시한다. 땀인지 눈물인지 모를 한 방울이 뺨을 타고 주르르 흐르는 게 느껴진다. 눈을 부릅뜬다. 긴장한 손가락 마디마디가 종의 보편성으로부터 개체의 특수성을 건져내려 애쓴다. 그러나…… 그러나 도무지 다른 사인을 찾을 수가 없다. 애초에 응급실 의사들이 결론 내린 대로 원인 불명의 쇼크사, 돌연사라고밖에 할 수가 없다.

지후는 까라지려는 몸을 가까스로 추슬러 다시 한번 수첩을 뒤적인다. 그러나 이유가 최근에 약국이든 병원이든 방문한 기록은 없다. 평소의 이유는 쓸데없이 병원비를 쓰기 싫어했고 뭐든 자연적으로 치유되는 걸 선호했다. 손등이나 팔의 가려움이 심해져도 "항히스타민제 그런 거 자꾸 쓰면 내성만 생기잖아." 하며 얼음이나 대는 게 다였다. 수면제 역시 석 달도 더 전에 받은 것으로 지후가 아는 한 이유는 그걸 꼭 필요할 때, 즉 지후와 사랑을 나누기 직전에만 썼다.

지후는 이유의 동작이 서서히 느려져 가는 걸, 나른하게 늘어지는 걸 보기를 즐겼다. 이전에 만난 누구도 받아들이지 않은 걸 이유는 기꺼이 받아들였다. 다른 이들은 기겁했다. 지후가 의사여서, 그것도 하필 병리과 의사여서 더 무섭다며 줄행랑을 놓았다. 누군가는 대놓고 욕을 하기도 했다. 이런 미친……. 고가의 선물을 요구한 여자는 지후 쪽에서 밀어냈다. 지후가 바란 건 욕망의 해소가 아니라 사랑이었다.

이유는 전적으로 그들과 달랐다. 잠이 들면서 이유가 말한 적 있었다. "털 관리를 엄청나게 잘한 아프간하운드를 껴안는 느낌이야. 너무 포근해." 수면제 한 알이면 충분했다. 절정에 다다른 후 이유가 천천히 가라앉는 걸 보며 지후는 매번 감동했다. 시원과 종말 사이 긴 날개를 편 듯한, 라르고보다 더 느린 속도의 요하네스 아이크, 가령 〈지속The Continuation〉 같은 걸 듣는 기분이었다. 지후에게 이유는 최고의 사랑이었다. 그런 사랑이, 그런 이유가 도대체 왜…….

지후가 의자 등받이에 깊숙이 몸을 묻으며 양손으로 목을 감싸 쥔다. 귀까지 후끈거리는 게 단순히 인후염 때문인지 울음이 터지려 해서인지 알 수 없다. 울대를 어루만지던 그 나긋한 손, 목을 감쌌던 그 신뢰 어린 팔의 기억이 아직도 너무 뚜렷하다. 지후는 제 목을 쥔 손에 가만히 힘을 준다. 목 안의 통증과 밖의 통증이 뒤섞인다. 어디선가 부드러운 이유의 목소리가 들린다. 자기야, 나는 자기가 원하는 거라면 다 해주고 싶어. 당신이 원하는 거라면 뭐든 다……. 가만……. 불현듯 무언가가 지후의 뇌리를 스친다. 설마……. 지후가 벌떡 일어서서 검시대로 간다. 황급히 검안서를 다시 살핀다. 극미량의 졸피뎀……. 그리고……. 암피실린. 암피실린? 지후가 다급히 몸을 돌려 책장으로 다가간다. 손이 덜덜 떨린다. 법의학계의 전설인 문국진 교수의 책들을 닥치는 대로 꺼내 뒤진다. 결정적인 순간, 더는 아무것도 숨기지 않을 순간의 쾌감을 내내 기다려왔을 어떤 페이지 한 장이 무람없이 속살을 드러낸다.

지후가 전화기를 몇 번이나 떨어뜨리며 한민수에게 전화를 건다. 한민수는 곧바로 전화를 받지 않는다. 받아라, 제발. 제발……. 두 번, 세 번……. 마침내 연결이 된다. 한민수가 살짝 흥분한 목소리로 답한다. "그러고 보니, 페니실린 과민반응이 있다고 했던 거 같아요. 본인도 알고 있어서 그런 건

피했을 텐데……. 설마 그게 사인인가요?"

지후는 다리에 힘이 풀린 채로 주저앉는다.

자기야, 아무래도 내가 죽은 것 같아. 그런 거지?

이유가 시르죽은 목소리로 묻는다. 그녀의 머리, 가슴, 배가 모두 열려 있는 걸 보며 지후가 울음을 터뜨린다. 사랑으로, 생명력으로 빵빵하게 부풀었던 몸이 집중력을 잃은 영혼처럼 아무렇게나 흩어져 있다.

울지 마요. 나 때문에 울지 마.

이유가 엉엉 우는 지후의 어깨를 가만히 안는다.

이유야…….

지후가 다른 걸 놓친 건 아니었다. 아목시실린, 암피실린 등 페니실린 계열의 약들이 식중독, 파상풍, 폐렴, 인후염 등의 염증 치료에 유효하다는 것, 페니실린 쇼크사를 막기 위해 환자에게 문진하고 예비 검사를 하는 게 몹시 중요하다는 것 등은 익히 알고 있었다. 그러나 지후는 이유가 거기에 해당하는지 알지 못했다. 페니실린 과민 반응이 있는지 몰랐다. 게다가 이유가 직접적으로 페니실린계 약을 먹거나 주사를 맞은 게 아니었다. 좀체 낫지 않는 인후염을 치료하느라 그 며칠 주사를 맞은 건 지후였다. 그가 간과한 것은 단 한 가지, "직접적인 투약이나 투여가 아니어도 성관계를 통해 아나필락시스를 일으킬 수 있다"라는 점이었다. 오래전 법의학 수업에서 스치듯 들은 게 전부였고, 그런 사례 역시 매우 드물어 주의를 기울이지 않았다. 여느 날처럼 사랑을 나눈 후, 지후가 콜을 받고 급히 병원으로 떠나면서 전화를 걸었을 때만 해도 이유는 그저 조금 졸린 듯했을 뿐이다. 금방 다시 올게. 한숨 푹 자. 사랑해. 나도. 그런 쓸데없는 말을 주고받을 게 아니라 페니실린 특이 체질인지를 물었어야 했다. 아니, 그러기 전에, 그 모든 일이 일어나기 전에 지후 자신의 움벨트로 초대하려고 이유에게 수면제를 권하지 않았어야 했다. 깨어 있었더라면, 잠들지 않았더라면 이유는 적어도 응급 상황에 대처할 수 있었을 것이다.

이제 지후는 숯제 바닥에 드러누워 운다. 왼팔을 눈 위에 올린 채 엉엉 소리 내어 운다. 가위로 난도질당한 가슴이 아니라 조금 쓸쓸한 들판에 다정하게 솟은 둔덕 같은 아름다운 가슴을 가진 이유가 그의 옆에 눕는다. 지후의 팔을 끌어 제 머리를 올리고는 몸을 틀어 가만가만 토닥여 준다.

괜찮아, 자기야. 내가 선택한 거야. 그날 나는 최고로 행복했어.

*

너구리를 제대로 봤습니다.

매장 앞에서 담배를 피우는 지후에게 장관이 다가와 말한다. 휴대전화 속 사진을 보여준다. 눈가가 까만, 역삼각형 얼굴이 세상 모든 일이 궁금하다는 듯 옆으로 기울어 있다.

이유가 내내 예뻐했던 녀석인데 환한 새벽에 보기는 이번이 처음입니다.

이유는 산책하는 개들이 너구리를 불안하게 할까 봐 자주 걱정하곤 했다.

그나저나 이제 한 마리만 남은 건가요?

전직 장관이 매장 안을 넘겨보며 묻는다.

네. 미니핀 한 마리만 남았습니다.

노인은 여전히 매장으로 들어가길 꺼린다. 그가 이유의 공간으로 들어선 건, 이유가 죽던 날 밤 한 번뿐이다. 내 몫은 내가, 당신 몫은 당신이. 온몸으로 그리 말하고 있다. 그가 또 묻는다.

실형을 살게 되나요? 정직? 감봉?

모르겠습니다. 병원 측도 경찰 측도 그냥 넘어가기는 어렵다고 하더군요.

살아온 삶의 덩치나 무늬 어느 것 하나 비슷할 게 없는 두 사람 사이에, 유일한 접점이 될 만한 온화한 침묵이 흐른다. 지후와 노인이 약속이나 한 듯 머리 위 간판을 올려다본다.

'러브'와 '이유' 사이에 있는 작은 조형물. 다채로운 색의 구슬들, 이유의 몸 여기저기 있던 알록달록한 멍을 닮은 그 구슬들이 하트를 이루며 반짝인다. 그 사랑의 밀도에 거의 질식할 지경에 이른 젊은 사람이 늙은 사람에게 묻는다.

감당하며 살아갈 수 있을까요?

지후 나이의 두 배를 살았으나 그보다 아주 조금 이르게 남겨진 자로 살아왔을 뿐인 노인이, 제 손등에 생긴 멍 자국을 무심코 쓰다듬으며 말한다.

모르겠습니다. 아흔 살이나 먹었어도 여전히 그건 모르겠어요.

불안은 없다

1.

불안하다. 실연이 코끝에 걸려 있기 때문이다. 나뭇잎 가두리 이슬방울처럼, 사랑이 금방이라도 떨어져 버릴 듯 위태롭게 매달려 있다. 나는 발가락 사이사이 걸어 두었던 여러 가닥의 실들이 소리도 없이 흘러내리는 것을 느낀다. 연민이나 감사, 공감이나 존경 등과 닿아 있던 그것들은, 한때의 팽팽함을 다시는 회복하지 못할 듯 휘주근해져 있다.

이제 막 문을 연 카페 조하르에는 사람이 많지 않다. 아직 냉방기를 돌리지 않아 실내가 후덥지근한 데다 눅눅한 냄새까지 난다. 여인들이 나를 둘러싸고 앉아 앞에 놓인 각자의 음료수를 홀짝거리고 있다.

나는 누가 이 자리를 만들었을지 곰곰 생각해 본다. 공부를 잘했고, 지금도 잘하고 있는 K는 아닐 것이다. 흔히 공부머리는 따로 있다고들 하는 말이, 말 그대로 공부가 아닌 연애에 관해 더 천부적인 누군가가 있다는 뜻일 테니까. 상황이 좋지 않다. K의 위도 좋지 않다. 그런 그녀가 오늘은 커피를 시켜놓고 앉아 있다. K가 아니라면 누구일까?

이런 나쁜 놈은 감옥에 처넣어야 해요.

역시 가장 먼저 입을 연 이는 쉽게 들떴다가 아무렇지 않게 가라앉기 잘하는 Y이다. 우리는 만난 지 하루 만에 키스를 했고, 삼 일 만에 섹스를 했다. 내 입장에서 Y는 열정적인 여자지만, 내가 아닌 다른 사람들은 그녀를 헤픈 여자라 생각할 수도 있을 것이다. 어쨌거나 Y는 지나치게 성급해서 차분히 이런 자리를 만들 수 있는 사람이 아니다. Y도 아니다.

말씀드렸다시피 우리가 여기서 삼류 영화를 찍으면 우린 정말 삼류가 되고 말아요. 감정적인 대응은 자제하시죠.

그렇다면 냉정하게 말을 하는 J일까? J는 아름다운 손톱으로 길게 기른 머리를 뒤로 한 번 쓸어내린다. 튀어나온 네일 장식에 머리카락 한 올이 걸린다. J는 그런 자신의 손톱을, 혹은 머리카락을 보지 못한다. 내 어깨나 등을 부드럽게 긁던 J의 손톱을 떠올리자 오소소 소름이 돋는다. 그녀는 이제 나

따위는 안중에도 없다는 듯, 차분히 찻잔에서 티백을 건져 올리고 있다. 날이 더워도 얼음 들어간 것은 먹지 않는 그녀의 취향은 언제 봐도 고상하다.

마냥 시간을 끌고 있을 수는 없어요. 이런 인간에게 시간을 쓰는 게 아깝다고요.

커피를 반이나 마신 K가 그제야 속이 쓰린지 오만상을 찌푸리며 나를 바라본다. 나는 시선을 피하지 않은 채 솔직함과 속임수 사이에 있는 거리를 가늠해 보고 있다. 물론 진지하게. 엄청나게 자존심이 상한 K를 보는 것은 나로서도 괴로운 일이다. 내가 시선을 피하지 않는 건 어디까지나 그녀에 대한 배려에서다. 그러나 배려와 속임수의 거리 또한 그다지 멀지 않을 것이다.

무얼 할 수 있죠, 우리가?

Y가 묻는다. J가 손톱 장식에 붙은 머리카락을 발견하고 떼어내며 대답한다.

뭐든 할 수 있어요. 혼인 빙자 간음 같은 것으로 경찰에 신고할 수도 있고요, 이 사람 집에 찾아가 동네 망신을 줄 수도 있어요.

그건 적절한 생각이 아니라고 나는 J에게 말해주고 싶다. 나보다 그녀 자신들이 더 상처를 입을 것이기 때문이다. 동네라는 것은 나에게도 그녀들에게도 그저 익명의 누군가가 모여 사는 곳일 뿐이다. 우리는 익명의 사람들과 비슷한 정도로 관계하고 있지만, 관계란 결국 자기 자신에게로 향하기 마련이다.

그나저나 왜 하필 오늘인가? 오늘 아버지가 입원했다. 암 판정을 받았지만 믿을 수 없다며 이 병원 저 병원 옮겨 다니다가 결국 포기하고 받아들인 날이다. 사십 평생을 군대에 바친 아버지는 늘 철통같은 방어를 중시 여겼으나 정작 자신의 몸은 방어하지 못했다. 아버지, 어머니, 나, 모두. 세 명이 모두가 된다는 것은 근 팔십억 명이 모두가 된다는 것과는 비교가 되지 않는다. 하지만 때때로 셋의 세상이 팔십억의 세상을 능가하기도 한다. 병원에 다시 가봐야 하는데……. 불안하다.

이 인간의 집을 찾아가고 말고 할 게 뭐 있어요? 이 자리에서 끝을 내죠.

여기서는 안 돼요. 여긴 제가 자주 오는 카페예요.

저 역시 자주 왔죠. 당신이 함께 온 그 사람과.

그럼 어쩌자는 거예요?

정말 이건 말도 안 돼요.

개새끼.

상황은 언제나 그렇듯 몇 개의 계단을 한꺼번에 뛰어넘어 버린다. 맞지 않는 부분을 잘못 도려내고 붙인 듯 혹은 너무 서두른 듯 이음새가 매끄럽지 않다. 누군가가 울고, 누군가가 욕을 하고, 누군가가 내 멱살을 잡기도 한다.

돌연 아침에 인터넷으로 훑은 기사 중 하나가 떠오른다. 올 한미 연합 훈련은 기존의 '방어' 단계를 생략하고, 곧바로 '반격 및 북한 안정화 작전'부터 실시한다고 했다. 나날이 핵·미사일 협박 수위를 올리고 있는 북한을 경계하기 위해서라나……. 언제나처럼 기사보다 댓글을 더 열심히 보았다. 어떤 이는 대북 관계를 험하게 몰아간 정부 때문에 전쟁 위험만 높아져 주식 시장을 포함해 경제가 말이 아니라며 한탄했고, 어떤 이는 더욱 강력한 대책을 세우는 게 마땅하다고 했다. 다가올 선거 이해관계자들이 짜고 치는 고스톱이라는 댓글에 '좋아요'가 가장 많이 달렸다. 울고 욕을 하고 멱살을 잡는 여인들과 나 사이에는 어떤 이해관계가 있을까?

잠깐 사이에 내 옷에서 단추 하나가 뜯겼고, 테이블 위에 있던 냅킨 몇 장이 바닥에 떨어졌다. 다행히 물이나 커피가 엎질러지지는 않았다.

삼류 영화를 찍어서는 안 된다던 여자들이 결국 삼류 영화의 한 장면을 전개하고 있는 사이, U는 홀로 정지해 있다. 알뜰한 U답게 공짜로 제공되는 물 한 컵만을 앞에 놓은 채다. 여자들은 점점 목청을 높인다. 각자의 개성에 따라 이 방향, 저 방향으로 튀어 오르다 벽에 부딪히기를 반복하는 소리의 난무 가운데 U의 목소리는 길을 잃은 듯하다.

나는 U의 끝없는 우울함 때문에 가슴이 먹먹하다. 자신에게는 다소 생경한 선택 '가능성'을 두고, U는 침울할 수밖에 없으리라. 어떤 상황이든 어떤 물건이든 그녀는 여태 단 한 번도 제대로, 선택이라는 것을 해 본 일이 없다. 그녀의 세계는 언제나 젖은 옷처럼 축축 늘어진 버거운 필연만이 가득했기 때문이다.

'가능성'이 자신을 더 초라하게 만든다는 사실을 깨달았는지 U가 조용히 일어선다.

전 그만 가볼게요.

다른 여자들이 놀라서 U를 바라본다. U는 그사이 한 번도 나와 눈을 마주치지 않았다. 그녀는 그런 사람이다. 여자들이 뭐라고 소리치며 항의하지만, U는 그대로 나가 버린다. 설마 U가 여자들을 모은 걸까?

나는 U가 마시던 물컵을 들어 목을 축인다. 따뜻하고 순박한 그녀의 온기가 잔을 통해 전해져 온다. 눈물이 흐르려는 것을 애써 참는다. U는 여자들을 부르지 않았을 것이다. 그녀는 천성이 모질지 못한 사람이다.

눈물 대신 다른 것이 내 얼굴을 적신다. Y가 쏟아부은 오렌지주스. Y는 빨갛게 상기된 귀여운 볼을 실룩이며 반 이상 남은 주스를 내 머리에 부었다. 녹다 만 얼음덩어리와 함께 주스 방울들이 여기저기로 튄다. J가 질색하며 자리를 피한다.

아직 너무 이른 시간이라 카페에 다른 손님들은 없다. 호기심 가득한 얼굴로 우리를 지켜보던 점원 두어 명이 자리로 다가오려다 멈추고 만다. 내 눈길이 그들의 접근을 막았기 때문이다. 나는 끈적이는 액체를 닦아내지 않고 그대로 앉아 있다. 오렌지색 얼룩은 내가 자초했으니만큼 내가 감당해야 할 것이다.

K가 일어선다. 이런 장면이야말로 K를 가장 비참하게 만든 게 틀림없다. 그녀는 자신의 지성이 이 순간에 아무런 도움도 되지 못한다는 데에 필경 절망하고 있을 것이다. 지금쯤 예민한 반응을 보이고 있을 위장과 어찌할 수 없는 자괴감 때문에 그녀의 얼굴은 잔뜩 일그러져 있다. 그러게 커피는 마시지 말지. 나는 입술 끝까지 밀려온 말을 황급히 삼킨다. 내 시선을 피하지 않은 K는 아마도 내 마음을 읽었을 것이다. 그녀의 얼굴에 실망과 당황이 얽힌 기묘한 주름이 생긴다. K가 황급히 몸을 돌린다.

너라는 인간…….

K의 마지막 말이 그녀를 대신해 자리에 남는다.

Y도 가방을 챙겨 든다. 가여운 그녀의 가슴은 내 머리에 쏟아부은 주스 때문에 심하게 벌렁거리고 있을 것이다. 사실 작은 일을 크게, 큰일은 더 크게 생각하는 Y의 담력에 딱 맞는 행동을 하긴 한 셈이다. 나는 꽃무늬 원피스를 입은 Y에게

서 나는 향수 냄새에 압도당한다. 세상의 좋은 냄새는 다 가져 보아야겠다는 듯 Y는 늘 새로운 향수를 탐했다. 새 향기를 맡을 때마다 뿌리칠 수 없는 음식 냄새를 맡은 생쥐처럼 작은 코를 발름거리곤 했다. 얼마나 상큼하고 얼마나 깜찍한 연인이었던가! 나는 Y의 옷자락이 펄럭이면서 퍼져 나온 향수에 취해 잠시 눈을 감는다. 반인반수 켄타우로스의 가슴에서 인간의 피부와 말의 가죽이 합쳐지듯, 큰일과 작은 일이 겹쳐 있다. 그녀와 이렇게 될 수밖에 없었다는 사실이 나를 슬프게 한다.

문득 북한의 대응이 궁금하다. 해상의 완충구역으로 이미 대륙 간 탄도 미사일 시험 발사를 한 적 있는 북한은 육상까지 확장하겠다고 으름장을 놓았다. 한미 연합 훈련이 필시 북한을 더 자극했을 텐데, 지금쯤 어떤 입장을 밝혔을까? 여자들은 ICBM 따위에는 관심이 없는 듯하다.

2.

이제 남은 사람은 J. 그녀는 마시던 허브티를 들고 흡연실로 자리를 옮긴다. 나는 늘 하던 대로 그녀의 가방을 들고 따라나선다. 직원들이 우리가 앉았던 자리를 정리하기 위해 천천히 움직이기 시작한다. 그들의 얼굴은 뻔한 스토리에서 지나친 반전을 기대하는 극장 관객들처럼 탄력 없는 호기심으로 빛나고 있다.

J의 매끈한 손이 가는 담배 한 개비를 케이스에서 꺼낸다. 잠깐 몸을 기울인 탓에 그녀의 고혹적인 가슴골이 선명히 드러난다. 나는 바지 앞주머니에서 라이터를 꺼내 불을 붙여 준다. 언제나처럼 이어지는 일련의 동작들, 아무런 변화가 없으므로 앞으로도 결코 변하지 않을 듯한 익숙한 동작들이 내려앉은 내 마음을 위로한다. 하지만 나는 아주 잠깐 안도했을 뿐, 빠른 속도로 의기소침해지고 만다.

J가 절구통 속 약초처럼 무기력하게 바스러진 내 모습을 표정 없이 바라본다. 표정 없는 얼굴이라는 건 사실 애초에 말이 안 될지 모른다. 하지만 세상에 무표정하다는 게 어딘가에 있기는 분명 있는 것이라면, J야말로 바로 그런 표정을 지을 수 있는 사람이다. 다른 어떤 것에도 관심이 없고 오로지 자신으로 가득 차 있을 때 J는 무표정한데, 그건 그녀가 극도로 화가 났음을 뜻하기도 한다. J는 내가 다른 여자들을 만났다는 사실이 아니라 그것을 들켰다는 데에 필시 더 화가 났을 것이다.

아버지가 암이래.

어림없겠지만 나는 그녀의 동정심을 얻어보려 한다. 아버지의 암은 틀림없는 사실이고, 아침에 입원을 한 것도 사실이다. 나는 아버지와 어머니를 병원에 내려놓은 채 다급히 카페로 뛰어온 터였다. 여자들은 한꺼번에 내게 문자를 넣었고, 오지 않으면 자신들이 가겠노라 협박했다.

J에게 동정심을 기대할 수 있을까? 아마 그럴 수 없을 것이다. J는 누군가가 자신을 사랑한다는 사실보다 자신이 누군가를 사랑할 수 있다는 데에 더 가치를 두는 여자다. 사랑의 경계가 어디쯤인지 J는 단 한 번도 파악하려 들지 않았다. 그녀는 자신을 사랑하기 때문에 남도 사랑할 수 있는 여자였다. 나는 그렇게 자신을 사랑하는 그녀에게 반하지 않을 수 없었다.

나는 J가 가진 아름다운 것들을 절절한 심정으로 바라본다. 고어텍스를 넣었을 오뚝한 코와 부드럽게 잘 깎인 턱선, 얼음 마취를 견디며 여러 번의 제모 과정을 거쳤을 하얀 겨드랑이, 종아리……. 무엇보다 지나치게 크지도 작지도 않은, 물방울 모양의 그 도도한 가슴이 지금 이 순간에도 나를 미치게 만든다.

가슴을 성형하고서 나는 그녀의 성감대에 결함이 생기지나 않았나 싶어 걱정을 했더랬다. 하지만 그녀는 자신이 예뻐져서 더욱 흥분된다며 최상의 컨디션을 자랑했다. J는 구석구석 아름답지 않은 데가 없는 사람이다. 게다가 J는 아름답다는 사실에 만족하지 않고 열심히 일도 하는 사람이다. 나는 종종 네일아트 숍 근처에서 그녀의 일이 끝나기를 기다리곤 했다. 창에 드리운 얇은 커튼과 광고지 사이로 이리저리 움직이는 J를 바라보는 게 즐거웠다.

J는 기본 마사지나 각질 제거 등을 직원들이 하게 했고, 자신은 손톱을 꾸미는 난이도 있는 작업을 맡았다. 단순한 색칠이 아니라 진주나 큐빅 등의 네일파츠를 붙이는 것이 트렌드라며 제 손톱에 여러 샘플을 만들었다. 손님의 손톱을 손질하다 잘못해서 접착제가 제 손톱에 묻은 날이면 신경질을 내기도 했다. 제 실수가 아니라 손님이 손을 가만히 있지 못하고 움직인 탓이라며, 그들의 인내심 없음을 욕했다. "돼지 손에 진주를 달아주면 뭣 해?" J는 아름답지 못하거나 아름답기 위해 노력하지 않는 여자들을 대놓고 경멸했다. 나는 착하지 않은 그녀의 뻔뻔함을 높이 샀다. 우리는 결코 선량하지 않다는 점에서 죽이 잘 맞았다

어느 날 J와 차를 타고 가는데, 방향지시등 없이 차선을 바꾸었다는 이유로 뒤에 오던 세단이 엄청나게 경적을 울려댄 일이 있었다. 물론 신호를 주지 않은 내가 먼저 잘못했겠으나, 나는 보복을 감행하기로 했다. 차분하게 세단 뒤로 빠졌고 조용히 좇았다. 얼마 지나지 않아 세단은 대로에서 빠져 비탈길을 올라가더니 동네의 거주자 주차지에 섰다. J는 내가 하려는 일을 이미 알고 있었다. 차 주인이 내려서 사라지자 나는 내 차를 멀찍이 주차한 후 야구 모자를 눌러썼다. J는

차의 열쇠를 빼 들고 스치듯 지나가면서 차체를 긁는 나를 지켜보고 있었다. 다행히 경고음은 울리지 않았다. 나는 웃으며 차로 돌아왔고, J도 웃었다. J가 나를 사랑하게 된 게 아마도 그 사건 이후였을 것이다.

너도 나 말고 다른 남자들 있잖아.

나는 '남자'라고는 하지 않는다. 사실 나는 J가 나를 만나면서 그들과의 관계를 대충 정리한 것을 알고 있다. 하지만 지금의 J는 내가 그렇게 말해주기를 바랄 것이다. 언제나 그랬듯 선량하지 않은 J와 나에게 말은 아주 적은 의미를 지니고 있을 뿐이다.

그래서 뭐?

J는 나보다 다섯 살이 더 많다. 사실상 혼기를 놓친 여자의 나이라고 해도 과언이 아니다. 자신을 가꾸는 데에 엄청난 공을 들인 만큼 J는 남자도 그만한 가치가 있기를 바랐다. 나는 그만큼의 가치를 가지고 있지 않았지만, 포기를 모르는 시간이 모든 것을 해결했다. 끈끈한 마법의 지팡이를 세 개나 가지고 있는 시간은 J를 구슬렸고 결국 내가 웃게 했다.

아버지 병원에 같이 가줄래?

너는 멍청해.

암이라면서도 전쟁 걱정을 더 하셔.

…….

아버지는 너를 좋아하셔.

미친놈.

J는 아버지에게 인사를 한 적이 있다. 여자는 많으면 많을수록 좋다고 말하곤 했던 아버지는 Y가 J가 되든 J가 U가 되든 크게 신경 쓰지 않았다. J 역시 내 아버지가 누구든 괘념치 않는 것 같았다.

담배를 피우는 사이, 그녀의 무표정하던 얼굴이 조금이나마 풀린 듯하다. J는 대개 오래 화를 내기보다 현명하게 마음을 돌리는 쪽을 택했다. 스스로를 오롯이 위하기에, 그녀는 자신이 상처받지 않도록 최선을 다한다. 그런 J를 사랑하는 나는 그녀를 쉽게 포기할 수 없다. 이번에도 시간이 내 편이기를…….

J가 짧아진 담배를 야무지게 비벼 끈 후 가방을 챙겨 일어선다. 손질한 손톱에 흠이 날까 봐 조심하는 그녀를 위해, 나는 자동문의 버튼을 눌러준다. J는 잠시 나를 돌아보며 한숨을 내쉰 후 말한다.

너 근데, 취향 참 웃기더라.

한숨에는 적어도 한 숨만큼의 가능성이 숨어 있을 수 있다. 나는 J가 질투를 한 것 같아 내심 흡족하다. 마지막 말을 남기지 않았더라면 정말 섭섭했을 것이다. J는 그런 내 마음을 아는지 모르는지, 택시 정류장 쪽으로 총총히 걸어가 버린다. 개장이 늦어진 네일 숍을 서둘러 열려는 것이다. 그녀는 어떤 상황에서도 성실하다. 나는 가볍게 날리는 외모와 달리 제가 하는 일을 무겁게 감당하는 J를 사랑하지 않을 수 없다.

3.

나는 흡연실에 잠시 더 앉아 있다가 천천히 일어선다. 점원들은 오렌지주스로 끈적거렸을 자리를 깨끗이 치운 모양이다. 하지만 내 몸에는 여기저기 주스의 얼룩들이 남아 있다. 냄새 역시 좀체 사라지지 않는다. Y가 남겨준 향기라 생각하니 닦아내고 싶은 마음도 없다. 그러나 영원히 사라지지 않을 것 같아도 언젠가는 희미해지고 만다. 희미해져서 보이지 않으면 결국 사라지는 것과 크게 다르지 않을 것이다. 그것이 내게 위안이 된다. 카페 문을 나서는 내 등 뒤로 종업원들의 시선이 엉겨서 따라온다.

몇 걸음을 떼기도 전에 카페에 오지 않았던 L과 마주친다. 비대한 몸에 힘을 잔뜩 준 L은 여자 삼손처럼 거칠어 보인다. 눈이 붓고 유난히 볼이 처진 걸 보니 간밤에 또 무언가를 잔뜩 먹고 잔 모양이다. 스트레스성 과식으로 이전보다 더욱 커지고 말았을 세포들이 아우성을 치고 있는 듯하다.

나는 불현듯 깨닫는다. L이 다른 여자들을 모두 불러 모았다. 나는 몇 날 또는 몇 달 동안 내 뒤를 조심스레 따라다녔을 L을 떠올린다. 어째서 그녀의 무거운 발소리를 듣지 못했을까?

L은 늘 안절부절못하는 얼굴을 하고 있었다. 하지만 내 뒤를 밟고부터 분명 이전의 안절부절못하는 얼굴과는 좀 다른 안절부절못하는 얼굴이 되었을 터인데, 둔감하게도 나는 그것을 알아차리지 못했다. 조심성을 잃었던 것이다. 그렇구나. L이다. 여자들 가운데 아무 때나 시간을 낼 수 있고 집요하게 일을 처리해 나갈 수 있는 사람은 사실 L밖에 없다. 나는 L이 자신의 추진력을 수능 공부에 좀 더 썼더라면 올해엔 꼭 원하는 대학에 붙을 수 있었으리라 생각한다. 공부 외의 다른 것에 언제나 더 열성적인 게 L의 문제점이다.

왜 들어오지 않았어?

L은 아무런 대답도 하지 않는다. 생각과 감정이 엉켜 쉽게 말을 꺼내지 못하는 것일 게다.

들어갈래? 날도 더운데 시원한 냉커피나 한잔하자.

나는 방금 나왔던 카페를 가리킨다. 나는 그 카페를 사업에 실패한 아버지의 죽마고우가 운영하는 곳으로, 매상을 올려주어야 한다고 소개하곤 했다. 사실 그렇지 않다. 그냥 그 카페가 여러모로 좋은 위치에 있었기 때문에 선택했을 뿐이다. 카페는 여자들과 나의 생활공간에서 적당히 멀리 떨어져 있었으므로 결코 들통날 일이 없는 안전한 곳이었다. 너무 특이하거나 너무 예뻐서 그녀들이 주변에 소개하거나 따로 오게 되는 일이 없을, 무난하고 편안한 곳이기도 했다. 여자들은 대개 내가 소개해 주는 친구들 때문에 나를 믿어 의심치 않았다. 친구들은 세심하게 분류되어 있었다. 나는 치밀한 나의 행보를 파헤쳐 낸 L의 열정을 치하해 주고 싶다.

커피 마시자.

하지만 L은 고집스레 고개를 가로젓는다. 나는 두툼한 그녀의 어깨를 토닥여 준다.

처음 L을 만났을 때도 나는 이렇게 어깨를 두드려주었다. 학원의 수학 선생이던 나는 이미 두 번이나 입시에 실패한 L을 지도하고 있었다. 내가 있는 학원은 소위 소수 정예로 학생들을 가르치는 곳이라 많은 돈을 낼 수 있는 학생들이 주로 찾았다. L의 실력은 심각한 수준이었다. 고등수학을 공부해야 했지만, 중학수학도 제대로 알고 있지 않았다. 나는 직육면체를 두고 평행하지 않지만 만나지도 않는 선들에 대해 설명했다. L의 오른팔을 뻗게 하고 내 왼팔을 뻗고, 다시 L의 왼팔을 뻗게 한 후 공간에서 무한하게 각자의 길을 가는 평행선들에 대해 이야기했다. 그러나 사람의 선은 이론의 선과 달리 자꾸 만났다. 그녀의 손끝이 내 몸에 닿기도 했고, 내 손끝이 그녀의 몸을 스치기도 했다. 자신을 사랑해 본 적이 거의 없는 삼수생 L은 나 때문에 얼굴이 빨개지곤 했다.

말이 나왔으니 말인데, 그녀는 아무리 공부해도 대학에 갈 수 없는 이해력과 개탄스럽다고 할 수밖에 없는 외모를 지니고 있었다. 그걸 자각하고 있어서인지 L은 최소한의 자기방어마저 하지 않았다. L에게 연민을 느끼지 않을 수 없었다. 나는 굵은 허벅지나 팔뚝과 상관없이 그녀의 속눈썹이 얼마나 섬세한 곡선을 그리고 있는지, 야들야들한 손바닥이 얼마나 기분 좋은 느낌을 주는지에 대해 칭찬했다. L은 곧 나를 사랑하게 되었고, 나 역시 진심으로 그녀를 사랑했다.

그런 내 마음이 지금도 변함없다는 것을 L이 알아주면 좋으련만……. L은 토닥여 주는 내 손길을 뿌리치고 운다. 삼수 때 합격했던 지방대라도 갔더라면 이런 꼴은 당하지 않았을지 모른다. 그녀는 나 때문에 서울을 떠날 수가 없노라고 했다. "일단 등록은 해 놨어요. 재수 없어서 내년에 점수가 더 떨어질지도 모르니까……. 나야 전문대라도 서울에서 다니고 싶은데 아버지가 그런 데 가면 학비도 안 줄 거고 용돈도 끊어 버릴 거래요." 돈이 많은 L의 아버지는 지방대라도 어떠냐며 그녀를 4년제 대학에 보내고 싶어 했다. 하지만 L은 내 옆을 떠나고 싶지 않았다. 물론 나 역시 그녀를 그렇게 먼 곳으로 보내고 싶지 않았다. 남부 터미널에서 한 시간 반 거리라는 그 학교는 실제로 차가 고속도로를 달리는 시간만 한 시간 반이었고, 집에서 터미널, 다시 터미널에서 학교까지 가는 시간을 합하면 못해도 세 시간은 되는 거리에 있었다. 하루에 왕복 여섯 시간을 쓰면서 다니기에는 분명 그럴만한 가치가 없는 곳이었고, 서울에서의 통학은 사실상 불가능했다. L이 공부를 한 해 더 하기로 결심한 건 어디까지나 나 때문인 셈이었다. 하지만 L은 애초부터 공부 같은 걸 할 수 있는 사람이 못 되었다. 어쨌거나 학원도 가는 둥 마는 둥, 공부도 하는 둥 마는 둥 하는 L이기에 얼마든지 시간적 여유가 있었을 것이다.

언제부터 나를 따라다녔을까? 그녀가 오늘의 자리를 만들기까지 얼마나 고통스러웠을지 생각하니 가슴이 아려온다. 떨리는 목소리를 진정시키지 못한 채 괴로움을 눌러 가며 여자들 하나하나와 접촉했을 것이다. 여전히 남아 있을 그 괴로움이 그녀의 두 겹 턱 사이에서 깊은 신음과 함께 새어 나온다. 나는 진심을 담아 말한다.

사랑한다.

그 말을 하지 말아야 했던 것일까? L이 갑자기 무시무시한 힘으로 따귀를 날린다. 뺨이 옆에 있던 가로수 꾹대기 어디엔가 걸린 느낌이다. 아프다. 하지만 나는 아픈 내색을 하지 않고 슬픈 표정을 짓는다. 기실 적절하다는 생각도 든다. 이런 일은 역시 따귀 같은 것으로 대미를 장식해야 제격이다.

L은 덩치에 어울리지 않게 앙증맞게 돌아서더니 벽을 따라

걷는다. 몸에 비해 상대적으로 작은 그녀의 발이 위태롭게 땅을 스친다.

취향 참 웃긴다고 말했던 J는 L과 직접 만났던 것일까? 아직 오전이 완전히 자리를 잡지 않은 시간, 여름 해가 숙취를 떨어버리려는 주정꾼처럼 갈등하고 있다. 해는 어쩌면 해장술이 필요할 것이다. 늘어진 몸을 다시 일으키고 언제 그랬느냐는 듯 또다시 유쾌해지기 위해 딱 한 잔만 더 마셔야 할 것이다.

뺨은 또 다른 태양이 된 듯 뜨겁다. 나는 어쩐지 속이 후련해진 느낌이다. 아버지에게 가봐야겠다.

4.

아버지의 병실 앞에 정복을 갖춘 군인들 몇 명이 서 있다. 문병을 마치고 막 돌아가려는 참인 듯하다. 아직 수술도 하지 않았는데 찾아오다니, 엄청나게 신속한 자들이다. 충성스러운 기세로 보아 그들은 아버지가 퇴원을 한 후에도 찾아와 병원 침대에 대고 경례를 해댈 것 같다. 아버지는 의연하다.

어서들 가봐라.

충성!

그들은 장소가 병실이고 아버지의 병이 대한의 남아로서

는 조금 부끄러울 수 있는 유방암이라는 사실도 괘념치 않는다는 듯, 엄숙하게 거수경례를 올린다. 금방이라도 "유방암이라니!" 하며 그 투박한 손들로 눈물을 훔칠 것 같아 나는 조마조마한 마음이 된다. 2인실이지만 옆 침대가 비어 있어 그나마 다행이다.

다른 곳으로 전이가 되었을 수 있단다.

어머니의 말에 나는 별다른 대꾸를 할 수가 없다. 이럴 때 똑똑한 K가 있다면, 치료 과정과 병의 예후에 관한 각종 가능성을 자세히 얘기해 줄 수 있을 텐데……. 고도의 문해력과 지능을 요구하는 PSAT를 여러 번 통과한 K라면 틀림없이 충분한 설명을 해 줄 수 있을 것이다. 행시를 준비하고 있기는 해도 다방면으로 상식이 풍부한 그녀니까.

아버지는 말하자면 '뼛속까지 군인'이다. 그는 분단된 조국을 가진 사람으로서 매사에 경계심을 잃지 말아야 한다고 믿었으며, 그 때문에 언제나 조심스러웠고 진지했다. 아버지가 유일하게 경계를 풀 때는 내가 여자를 데려갈 때였는데, 이는 그가 군인다움을 남성다움과 같은 맥락으로 이해했기 때문이었다. 아버지가 신뢰하는 '남성다움'은 아버지 나이 때의 사람들이 흔히 그렇듯 마초적인 환상과 연결되어 있었다. "멋진 사나이에게는 여자가 끊이지 않는 법이다." 아버지는 그렇게 말하며 자신이 그런 남자이기라도 하다는 듯 뿌듯해하곤 했다. 그러므로 그는 내가 J를 데려간 지 얼마 지나지 않아 다시 U나 K를 데려가도 나무라지 않았다. 아버지는 내가 여자를 소개할 때마다 "좋다, 좋아!" 하며 무수히 고개를 끄덕였다. 인사를 나누는 동안만큼은, 탯줄이 끊어진 순간부터 맺고 끊음을 선명하게 하지 않은 적이 없다던 아버지의 절도도 자취를 감춘 듯했다. 아버지는 잠시나마 군의 기강이니 국가의 안위에 대한 걱정이니를 내려놓았다.

부하들이 돌아갔는데도 아버지는 자세를 풀지 않는다. 양반다리를 하고서 무릎에 두 주먹을 올려놓고 있다. 주먹은 너무 꽉 쥐어도 안 되고 너무 느슨하게 쥐어도 안 된다. 날달걀 하나를 손바닥 안에 숨겨 놓은 듯한 긴장감을 유지한 채 자연스러워야만 하는 두 주먹. 아버지는 비스듬히 눕거나 턱을 괴거나 하는 편안한 자세를 취해서 그 달걀을 터뜨리거나 해서는 안 된다는 듯 엄숙하다. 지금의 아버지는 엄숙함을 잃는 것이 북한의 침공보다 더 위협적일 수도 있다고 생각하는 것 같다. 그 강인한 육체가 곧 수술대 위에서 맥없이 무너져 내리리라 생각하니 씁쓸한 마음을 주체할 수가 없다.

텔레비전 틀어봐라. 요즘 전시 상황이다.

북한이고 뭐고 당신 걱정이나 하슈. 전쟁 어쩌고저쩌고해도 결국 아무 일도 안 일어난다니까.

그러니 무식한 여편네 소리를 듣는 거야. 두고 봐라. 이번에는 저놈들이 무슨 일을 내고 말지.

보살핌을 받는 사람도 보살피는 사람도 입씨름에는 한 치의 양보가 없다. 나는 양보 없는 두 사람의 사이에 끼어든다.

의사들이 뭐래요?

어머니는 느닷없이 물병을 집어 들더니 내 팔을 잡아끈다.

물이나 뜨러 가자.

왜요, 하면서도 내가 따라나선다. 아버지는 텔레비전을 뚫어져라 응시하고 있다.

뭐가 또 있대요?

병실 복도에 있는 정수기 앞에 이르자 어머니가 참았던 말을 쏟아내기 시작한다.

글쎄, 저런 양반이 여성 호르몬 과다 분비 때문에 유방암이라니 말이 되니? 남자들 나이 들면 드라마 보고 찔찔거린다고는 하더라만, 느이 아버지야 아직도 뉴스 아니면 볼 게 없는 줄 아는 양반이잖니. 게다가 의사들이 말도 안 되는 소리를 하지 뭐냐.

무슨 소리를 했는데요?

어머니는 정수기에서 받은 물을 병째로 들이켠다. 속이 탄다는 그녀에게서, 험한 밭일을 장정 못잖게 척척 해냈다는 외할머니 모습이 어른거린다. 필시 걱정 때문이겠지만 어쩐지 그 걱정이 아버지만을 향해 있는 것 같지 않다.

글쎄, 고환을 떼어내야 할 수도 있다지 뭐냐. 호르몬 분비를 억제해야 한다나 뭐라나.

나는 막막해진다. 이쯤 되면 K의 조리 정연한 설명도 소용이 없을 것이다. 빌어먹을 삶! 내내 제 곁에 있던 욕망이나 의지를 마치 생전 처음 본다는 듯 쌀쌀맞게 외면하는, 또한 그것들을 풀썩 들었다 놓고서도 그렇게 했는지 의식도 하지 못하는 이기적인 삶, 삶의 행태! 나는 불현듯 U가 그립다.

저 절에 좀 들렀다가 올게요.

아버지 검사받는 것은 어쩌고?

기본 검사는 이미 다 했잖아요. 저녁에 의사랑 간호사들이 체크만 한번 하러 올 거예요. 어머니는 그냥 옆에 계시기만 하세요.

그래도 어떻게 나 혼자 있니?

금방 올게요.

너 또 엉뚱한 짓 하지 마라.

5.

사찰 문 앞에 주차한 후 시동을 끄자, 북한의 도발에 동요할 필요가 없다며 논지를 이어가던 라디오 초대석 누군가의 목소리가 함께 꺼진다. 공감한다. 동요 따위를 해서 해결될

생이 아니다. 하지만 그렇다고 마냥 평안할 수도 없다. 한 여자를 사랑하건 모든 여자를 사랑하건 불안하기는 마찬가지다. 불안은 실에 딸려 뽑히기도 하는 젖니처럼 속 시원히 떨어져 나가는 게 아니다. 그것은 새살이 돋기까지는, 완전히 제거됐는지 아닌지를 결코 알 수 없는 발가락 티눈처럼 의뭉스럽다. 그 불안의 은근과 끈기에 질린 어떤 이는 차라리 완전히 체념한 후 편안해지기도 한다. 심지어 순순히 자유를 내어주기도 한다. 자유롭지만 않다면 불안하지 않을 수도 있을 테니까. 이 손 저 손이 모두 묶이게끔, 힘을 쑥 빼버리기도 하는 것이다. 맞다. 동요할 필요 없다. 주인을 섬기는 낙타처럼 순순히 끌려가면 그뿐이다. 전쟁 위협 같은 것과는 비교도 되지 않는 무시무시한 생이 언제나 아가리를 딱 벌리고 있으니 말이다.

막 점심 공양이 시작되어 분주한 터라, 본당 안에는 사람이 없다. 어머니가 종무원으로 있는 이곳에서 어머니만큼 열심인 나를 이상하게 보는 사람은 없다. 나는 입구에서 기본적인 반배, 본존불상 앞에서 삼배를 올린 후 세심하게 주위를 살핀다. 그러고는 더 망설이지 않는다. 헌금함에 작은 열쇠를 넣어 뚜껑을 열고 약간의 지폐를 꺼내는 데까지 십 초 남짓한 시간이 걸린다. 너무 많이 가져가면 문제가 되고, 너무 적게 가져가면 헛수고가 된다. 나는 적당한 양의 지폐를 빼내 클러

치백에 넣으면서 재빨리 그중 한 장을 도로 꺼내 함에 넣는다.

이어 향을 피운 후 백팔배를 시작한다. 내 동작은 시종일관 한 치의 흐트러짐도 없다. 누가 언제 보아도 아무런 의심을 할 수 없을 만큼 경건하다. 그러나 사실 나의 백팔배는 다른 사람이 본당으로 들어올 때까지만 지속되는 백팔배다. 그러니 어떤 때는 스무 번쯤 절을 하다 그치기도 하고 어떤 때는 정말 백팔배에 육박하기도 한다.

마흔 번쯤 절을 했을 뿐인데 벌써 다리가 후들거린다. 하지만 내친김에 오늘은 백팔배까지 가야겠다. 절을 하는 내내 여자들에 대한 생각과 차를 타고 오면서 들었던 라디오 뉴스가 뒤엉킨다. 전형적 시간 끌기…… 진 빼기 작전…… 그럴 수도 그렇지 않을 수도……. 절은 이제 예순 번을 넘어서고 있다. 예순둘, 예순셋…….

내 마음의 모든 탐심을 걷어내고 지혜를 구하고자 열심히 절한다. 고苦와 낙樂의 양면을 떠나 심신의 조화를 얻는 게 부처님의 가르치심이 아니던가. 사실 나는 이미 경지에 이르렀다. 탐욕스러운 자와 멍청한 자는 쉽게 결론을 내리지만 탐욕스럽지도 멍청하지도 않은 나는 언제나 이도 저도 아닌 입장을 고수한다. 비유비무非有非無, 혹은 두 극단을 떠나되 가운데도 아니라는 이변이비중離邊而非中. 일흔여섯, 일흔일곱, 일흔여덟…….

절에 있는 모두가 젊은 나의 불심이 대단하다고 여긴다. 그로 인해 나는 어머니의 체면을 충분히 세워주는데, 어머니가 내가 하는 일을 알고도 내버려두는 건 그 때문이다. 나는 어머니의 체면을 훼손시키지 않기 위해 언제나 최선을 다한다. 이제 아흔 번째 절이다.

절은, 그 어떤 수행보다 마음 정화에 탁월하다. 나는 오늘 아침의 만남을 떠올리며 배꼽 아래로 숨을 들이마시고 내뱉기를 반복한다. 카페 조하르에 나타났던 U와 K, J와 Y, 그리고 L. 북한의 도발보다 백배는 놀라운 일이었다. 그러나 살다 보면, 놀라운 일에 맞닥뜨리는 경우가 놀랍지 않은 일에 맞닥뜨리는 경우보다 훨씬 많다. 어느 날 갑자기 화장실 한 줄 서기가 제대로 되는 게 놀라우며, 어떤 홍보에도 불구하고 에스컬레이터의 왼줄 보행 금지는 절대 제대로 되지 않는 것도 놀랍다. 주말이면 고속도로가 주차장이 되는 게 놀랍지만, 다음 주말이나 다다음 주말에 크게 다르지 않다는 사실은 더 놀랍다.

U와 K, J와 Y, 그리고 L이 내 진심을 더는 믿지 않는다 해도 크게 놀랄 일은 아닐 것이다. 하지만 내가 그녀들 하나하나를 사랑하는 마음은 맹세코 진심이다. 그들을 그냥 그렇게 놔버릴 수는 없다. 정말 이렇게 끝낼 수는 없는 일이다. 백여섯, 백일곱……, 마지막으로 백여덟. 나는 무릎을 구부렸던 방석 옆 바닥에 완전히 엎드린다.

열 오른 몸 안으로 서늘한 기운이 들어온다. 외롭다. 나보다 더 외로웠을 U가 떠오른다. 편의점 아르바이트와 꽃집 아르바이트로 간신히 생활을 이어가던 U는 그래서인지 너무 쉽게 나를 받아들였다. 열 살 이상 나이 차가 나는데도 U는 신경 쓰지 않았다. 무거운 화분들을 옮기고 있던 U, 내가 주는 작은 사과 하나, 값싼 머리핀 하나에도 너무나 기뻐했던 U. 그녀는 지나치게 조용히 웃었고, 그럴 필요가 없는데도 애써 말을 삼갔다. U를 보고 아버지는 천생 여자라며 흡족해했다. 아버지의 병실에서 U가 떠오른 것은 그녀가 아버지의 유방암을 진심으로 걱정해 줄 유일한 사람이기 때문일 것이다. 내가 절에 들른 건 어디까지나 U를 위해서이다.

나는 절을 빠져나와 U가 일하는 편의점으로 향한다. 뉴스는 더 이상 북한 소식을 전하지 않는다. 여느 때와 마찬가지로 누군가가 이기고 졌음을 알리는 스포츠 뉴스가 카 오디오를 통해 흘러나온다. 불안 따위는 모르는 팬들의 함성.

스캐너를 손에 쥔 채 멍하니 있던 U가 나를 보고 화들짝 놀란다. 아침의 소동에 미안해해야 할 사람이 마치 자신이라는 듯 어찌할 바를 모른다. 나는 말없이 그녀의 손을 잡는다. U가 내게 실망했든, 배신감을 느꼈든 내게 지금 그런 것은 중요하지 않다. 모자란 잠 때문에 빨갛게 충혈된 U의 눈이 불안하게 흔들린다. J처럼 화려한 손을 단 한 번도 가지지 못한 U

의 거친 손.

나는 목이 메어 말을 하지 못하고 조용히 봉투를 건네준다. U가 고개를 가로젓는다. 나는 그녀가 세 들어 사는 집에 올려줘야 할 보증금이 얼마인지를 알고 있고, 봉투에는 딱 그만큼의 돈이 들어 있다. U에게 아버지 얘기를 한다.

유방암이고 전이까지 이루어진 상태야.

나는 마치 그래서 그녀가 돈을 꼭 받아야만 한다는 듯, 봉투를 뿌리치려는 그녀의 손을 꽉 누른다. 원망과 걱정, 미련과 감사로 혼란스러운 U의 마음이 전해져 온다. 나는 편의점 문을 밀고 나간다. U는 봉투를 들고 따라 나오지만 성큼성큼 걸어가는 나를 잡지는 못한다. 나는 엄청난 행복감에 젖어 든다.

6.

직업 군인인 아버지는 늘 긴장하고 있었다. 북한이 언젠가는 핵을 터뜨리고 말 거라며 신경을 곤두세웠고, 군의 기강이 흐트러질지도 모를 사태에 철저히 대비하고 있었다. 아버지는 자신이 믿고 있는 원칙에 의거해, 평생 해서는 안 된다고 생각하는 일은 결코 해 보지 않았으며 하려고 생각조차 해 보지 않은 사람이다. 그는 언젠가 일어날, 마침내 일어나고야 말 '변화'에 대비해 늘 엄연한 부동의 자세를 취하고 있었다.

이전에 나는 북한에 대한, 그러니까 삶에 대한 아버지의 태도에 크게 관심이 없었다. 아버지가 의심하든 대비하든 보초를 서든 대체로 무시하는 쪽이었다. 하지만 그의 유방암만큼은 무시할 수가 없었다. 어쨌거나 '암'은 아버지가 꼿꼿이 허리를 세우고 있건, 납작 엎드려 있건 간에 상관없이 생긴 거였다. 아버지는 암에 걸린 후, 정확히는 걸린 걸 안 이후로는, 겉으로만 부동자세를 취했다. 자신이 보지 않으면 남도 보지 않겠거니 여기는 듯했다. 심층의 자아와 표층의 자아가 어긋나도 외면한다면 용케 위기를 모면하리라 믿는 약한 사람들처럼 굴었다.

칠십 년째다. 남북은 대치하고 있고, 격돌은 언제든 일어날 수 있다. 아버지의 말처럼 썩어 문드러지고 있으니 언제든 전쟁은 터질 수 있을 것이다. 아버지는 평생 땅에 가슴을 바짝 댄 포복 자세로 적에게 총구를 겨눈 채, 한시도 경계를 늦추지 않았다. 적이 어떤 모략을 꾸미는지 모두 파악했지만, 그사이 자신의 가슴이 썩어 문드러지고 있다는 사실은 감쪽같이 몰랐다. 왼쪽 가슴에서 피와 고름이 나오고서야 무언가가 잘못되었다는 것을 받아들였다. 하지만 그 이전의 작은 멍울이나 조금 두꺼워진 피부, 혈관을 타고 전기가 흐르는 듯한 느낌 등은 아버지에게 아무런 영향도 미치지 않았다. 귀를 스치고 머리카락을 그을리며 날아간 총알들에 대해 아버지는 소위 '무식하게' 용감했을 뿐이다. 그것들이 아버지를 지나치면서 결코 무시할 수 없는 자국을 남겼는데도 말이다. 어쩌면 아버지는 달리 방법이 없었을지 모른다. 모호하기 그지없는 생의 안개와 주의를 기울이기에는 너무 치밀한 시간 때문에 말이다.

몇 년간 내가 아주 잘해왔던 연애 역시 그렇게 되었다. 나는 지금 아버지의 것과 크게 다르지 않은 참호 속에서 아버지와 비슷한 자세로 엎드려 있다. 몸을 땅에 착 붙인 채 미동도 하지 않고 전방을 응시하고 있다. 내가 '대체로 무시'한 아버지의 생이 내 생과 크게 다르지 않다는 사실 때문에 비장한 마음이 된다. 그러나 나는 아버지처럼 얼이 빠져 있지는 않을 작정이다. 어긋난 지점을 똑바로 노려볼 것이다. 고개를 돌리지 않고 바라보는 동안만큼은 아무 일도 생기지 않을 테니까. 정면으로 마주한 순간에는 적어도 불안하지 않을 테니까.

나는 불안에 빠지지 않기 위해 백화점으로 향한다.

7.

나는 Y가 오래전부터 군침만 흘리고 있던 향수를 산 후 Y에게로 간다. Y는 일단 내가 주는 향수를 받아 든다. 얼마 전에 어머니가 샀던 것과 같은 브랜드의 제품이다.

어머니는 Y를 본 적이 있다. 백화점에서 우연히 만나 함께 밥을 먹기도 했다. "씀씀이가 헤퍼 보인다." 어머니는 Y가 화장실에 간 사이 경고하듯 내게 말했다. "그러니까 귀엽잖아요. 좀 쓰면 어때요? 인간은 소비의 동물인데." 어머니는 차 마시자는 Y의 제안을 차갑게 거절했다. 어머니의 손에는 평소 Y가 목을 매는 제품의 로고가 찍힌 쇼핑백들이 들려 있었다.

Y가 새치름하게 말한다.

어떻게 그렇게 많은 여자를 한꺼번에 만나고 있었던 거야?

너를 사랑하는 내 마음은 변함없어. 알잖아.

Y는 내가 준 향수를 지그시 내려다본다.

그건 알아. 내가 그 정도도 모른다고 생각하지는 마.

우리는 정말 잘 어울리는 커플이잖아. 그렇지?

아니야. 지금은 아닌 것 같아.

나는 포장을 뜯고 향수를 꺼내 그녀의 손목에 뿌려준다.

내가 너한테 소홀한 적 있어?

Y가 자신의 손목을 흔들며 향을 맡더니 답한다.

그랬다면 벌써 헤어졌겠지. 너는 나한테 잘해줬어.

네가 부은 오렌지주스 아직 닦아내지도 않았다.

나는 뭐라도 했어야 했어.

알아. 너는 뜨거운 사람이니까.

솔직히 그 여자가 연락해 오기 전에도 너를 의심했어. 네가 하는 일에 비하면 넌 너무 바빴으니까.

Y는 내가 하는 일을 존경한다. 어찌어찌하다 수학을 전공하고 학원에서 선생을 하고 있을 뿐인 내가 아인슈타인을 능가하는 천재인 줄 안다. Y는 우리의 관계를 놓고 내가 설명한 벡터공간에 대해 무지했으나 그 무지를 제 방식으로 뛰어넘었다. 굳이 마르코프 체인을 들어 설명하지 않았는데도 그녀와 내 관계가 이산 확률 과정에 의한 것임을 완벽히 이해했다. 즉 우리가 만나는 1회, 2회, 3회의 과정에서 내가 선물하는 첫 번째, 두 번째, 세 번째 향수 등의 의미를 정확히 포착했다. 그녀는 다음 만남에 영향을 끼치는 게 카페에서의 만남이 아니라 지금의 만남만이라는 것을 모르지 않는다.

향수는 고마워.

나는 네가 향기에 반하는 모습 때문에 반한 거야. 다 정리할게. 아니, 이미 다 정리됐어. 좋은 향수를 보면 너를 생각하지 않을 수 없을 거야.

리미티드 에디션인데 어떻게 구한 거야?

너를 위해 뭐든 구할 수 있어. 연락해도 되지?

Y와 나는 가볍게 포옹한다. 내 체취와 뒤섞여 쿰쿰해진 오렌지 향 위로 썩 훌륭한 향기가 덧씌워진다.

8.

나는 어느새 K가 있는 고시원 앞에 와 있다. K는 내게 물었었다. "너는 키도 작고, 미남도 아니고, 고시 패스한 인간도 아닌데 뭘 믿고 나한테 이렇게 들이대니?" K와 나는 중학교 동창이다. 내가 있는 듯 없는 듯 묻혀 있는 인간이었다면 K는 전교 1, 2등을 차지하던 수재였다. 그러나 다른 가능성을 차단하고서 고시만 바라본 게 화근이었다. 게다가 1차 시험을 늘 어렵잖게 통과했으므로 2차나 3차 시험에서 떨어지는 걸 받아들이지 못했다. K는 애꿎은 기대만을 뜯어 먹으며 이십 대를 보냈다.

공부하느라 연애 한 번 변변히 하지 못한 K에게, 또 뒤늦게 연애를 하려 해도 여전히 공부하느라 시간이 많지 않은 K에게 나는 이상적인 남자 친구였다. 그녀의 모든 시간을 배려하고 아껴주었기 때문이다. 그녀가 아니라 그녀의 시간을 사랑해 주는 나를, 마침내 그녀도 사랑하게 되었다. 물론 K의 마음을 얻기까지 나는 온갖 굴욕적인 짓을 했다. "너는 내 취향 아니야." 그녀는 내가 자신과 어울리지 않는 짝이라는 말을 노골적으로 표현하기도 했다. 하지만 K의 메말라 보이는 영혼이 나를 멈출 수 없게 만들었다. 나는 그녀가 실제로 메말라 있는 게 아니라 단지 메말라 보인다는 사실에 강하게 끌렸다. 결코 자연스럽지 않고 안간힘을 쓴다는 느낌, 꼿꼿하기 위해 손가락 한 마디도 힘을 빼지 않는 K의 기운이 내게서 존경심을 우러나게 했다. 그녀가 완강할수록 나는 점점 더 그녀에게 끌렸다. 그리고 나는 그 무엇도 영원히 완고할 수 없다는 것을 잘 알았다. "그냥 친구 하자." 나는 그렇게 K를 안심시켰다. 그러나 친구인 나는 늘 그녀의 어딘가를 만지고 싶어 했고, 더듬다가 떠밀림을 당하거나 따귀를 맞기도 했다. 나는 무릎을 꿇기도 했고 자해 같은 것을 하겠다는 암시를 주기도 했다. 갖은 비굴한 방법을 다 썼고, 그녀를 너무나 사랑하므로 포기하지 않겠다는 맹세를 남발하기도 했다. K가 좋아하지도 않을 이벤트를 준비했고, 그녀로서는 관심도 없을 이런 저런 선물을 하기도 했다. 어느 순간에 이르러 아마도 K는 내가 그녀를 위해 쏟고 다니는 시간이 갸륵했을 것이고, 자신이 나를 상대하느라 버리는 시간이 아까웠을 것이다. 결국 그녀는 나를, 아니 내 시간을 거두어 주었다.

K가 허정거리며 나온다. 나오지 않으면 고시원 밖에서 소리쳐 그녀를 불러내겠다는 내 문자 메시지를 받고서다. K는 내가 쉽게 물러서지 않으리라는 것을 알 것이다.

K의 위염이 도진 모양이다. 아침보다 훨씬 파리한 얼굴이다. 나는 그녀가, 생각했던 것보다 더 심하게 충격을 받았음을 알 수 있다. 분명하게 끊어 말하기를 좋아하는 그녀가 말끝을 계속 흐리고 있다. 한 해 두 해 봐 온 게 아닌지라 나는

K의 목소리만으로도 그녀의 상태를 짐작할 수 있다. 그녀는 분명 '실연'으로 괴로워하고 있다. 자신도 모르는 사이, 나를 많이 좋아하게 돼버린 K를 보며 나 역시 충격을 받는다. K는 쓰러지려는 이성을 붙잡는 데 정신이 팔려 정작 내게 화를 내지도 못한다.

나 이제 정말……. 그만둘 거야. 고시 같은 거 아예 잊고……. 취직이나…….

그러지 마라. 내가 벌어다 줄 테니, 너는 그냥 계속 공부해.

K는 울음을 터뜨린다.

왜 그랬니? 왜 그랬어? 너 같은 게 왜 내게 그랬어?

나도 같이 운다. K의 슬픔이 고스란히 전해져 너무 아프다. 고시 공부가 피곤하고 그 고시로 얽힌 세상이 피곤했을 K가 너무나 애처롭다. 그녀는 왜 그렇게 힘겹게 살아야 하는지 돌아볼 겨를도 없이 스스로를 내몰았다. 고통이 없는 인생은 말도 되지 않는다는 듯 오기를 부리면서, 애써 위안거리를 만들어 내고는 잠깐 숨을 쉬는 사치를 부렸으니 이제 충분하다며 자신을 볶아댔다. K의 야윈 몸이 더운 바람에 녹아버릴 것만 같다. 납작 엎드린 채 총을 겨누고 있는 내 옆에서 그녀 역시 어설픈 자세로 총을 부여잡는다. 어쩌면 우리는 '우연히' 녀석을 날려버릴 수 있을지도 모른다.

K와 나는 고시원 근처 공원 벤치에 앉아 어깨를 마주 잡고

한참을 운다. 사람들의 발걸음이 우리 주변에서 얼마간 멈추었다 가곤 하는데도 울음을 멈출 수가 없다. 울다가 우리는 끌어안듯 서로에게 기댄다. 내가 입을 맞추어도 K는 거부하지 않는다. 그녀와 나는 퉁퉁 부은 눈이 진정될 때까지 그렇게 부둥켜안고 있다.

영원히 너만 사랑할 거야.

들어가야 해.

그래. 열심히 해.

그녀는 고시원으로, 나는 병원으로 걸음을 옮긴다.

9.

해가 저물었다. 아버지는 여러 대의 주사를 맞은 데다, 하고 또 했던 검사를 또다시 하느라 진이 빠져 있다. 더는 뉴스를 보고 싶어 하지 않는다. 꼿꼿하던 등을 둥글게 만 채 누운 아버지의 얼굴이 고통으로 일그러져 있다. 나는 그 고통의 대부분이 수치심으로 얼룩져 있음을 안다. 아버지는 자신이 결국 대한을 지키는 철통 방어벽이 아니라, 치욕적인 세균들의 공격으로 진작 텅 비어버린 공동空洞이었음을 깨달았을 것이다. 내가 병원에 있지 않은 것은 잘한 일이다. 아버지는 덜 부끄러웠을 것이다. 아버지가 잠들자 나는 어머니를 집으로 보낸다.

깜빡 졸았나 싶은데, 노크하는 소리가 들린다.

와 주었구나.

놀랍게도 L이 찾아왔다. 살 오른 문어처럼 오동통한 그녀의 손에 과일 바구니가 들려 있다. 아버지는 깨지 않는다. 나는 포도주스병 두 개를 꺼내 들고 나가 그녀와 함께 병실 앞 의자에 앉는다. 뚜껑을 따 그녀에게 건네주고는 내 것을 마신다. 물감 맛이 난다.

뺨 떨어지는 줄 알았다, 아까.

L이 또 뺨을 때리러 오지는 않았을 것이므로 나는 가볍게 말한다. L은 쉽게 말을 꺼내지 못한다. 주스병을 입에 댔다 뗐다 하고 있는데, 액체의 양은 전혀 줄지 않는다. 냉방이 완벽한데도 L은 연신 땀을 흘린다. 당직 간호사가 지나가며 친절히 묻는다.

환자분 불편한 거 없으시죠?

네, 그냥 주무시고 계세요.

L의 눈이 간호사의 때 묻은 하얀 슬리퍼에 오래 머물러 있다. L과 처음 데이트를 했을 때도 그녀는 종일 내 구두만 내려다보았다.

알게 된 지 오래됐어요.

그랬구나.

도대체 L은 나를 얼마나 따라다닌 것일까? 사수를 결심하던 올겨울부터? 아니면 지난해 수능을 보기도 전에?

선생님이 나 같은 사람을 좋아하는 게 이상하잖아요. 처음에는 선생님을 안 만나면 그뿐이라고 생각했다가, 나중에는 아무래도 괜찮다고 생각했다가…….

L의 작은 눈에서 소리 없이 눈물이 흐른다. 그럼 삼수 때부터인가? 어쩌면 우리가 만났던 초반부터 알고 있었을지 모른다.

울지 마라.

나는 바지 뒷주머니에서 꺼낸 손수건으로 L의 눈물을 닦아준다. 통곡 없이 물처럼 흐르는 눈물이 소리 나는 울음보다 더 슬프게 느껴지는 법이다. 나는 마음 바닥까지 젖어, 그녀의 눈에 살며시 입을 맞춘다. L이 더는 견딜 수 없다는 듯 내 가슴에 몸을 던진다.

그 여자들은 이제 선생님을 만나지 않을 거예요. 그렇죠?

그럼. 덕분에 깔끔하게 정리됐잖아.

나는 L을 아기 어르듯 토닥인다. 토실한 그녀의 어깨가 믿을 수 없는 속도로 떨린다.

L은 나처럼 자신을 사랑해 주는 사람이 아무도 없다고 했다. 머리가 나쁜 L을 부모님은 부끄러워했고, 뚱뚱한 L을 친구들은 놀려대며 밀어냈다. L을 조금 아는 사람들은 그녀를 경멸했고, 많이 아는 사람들은 무시했다. L은 종이접기를 잘

했는데, 아무도 그런 것을 높이 사주지는 않았다.

사랑해.

저도요.

L은 눈물도 다 말리고 주스도 다 마신 후 집으로 돌아간다. 나는 한 모금 마셨을 뿐인 주스를 변기에 쏟아 버린다. 보라색 주스가 진짜 물감처럼 번진다. 나나 L이나, 누구나 몸부림을 치고 있다.

10.

자정이 다 된 시간이다. 나는 충전이 완료된 전화기를 들고 J와 K, U와 Y, 그리고 L에게 메시지를 넣는다. 그녀들의 보조개와 쌍꺼풀과 귓불 등을 떠올리며 잘 자라는 인사를 한다. 아버지는 좀 어떠세요? 아르바이트를 마치고 서둘러 막차를 타고 있을 U에게서 문자가 온다. 역시 U의 마음은 상냥하기 그지없다. 답문을 보내는 사이, Y의 집 앤티크 콘솔 위에 놓인 향수병 사진이 전송되어 온다. K는 공부에 집중하느라 자주 핸드폰을 들여다보지는 않는다. 답이 없어도, 나는 그녀에게 굿 나잇 이모티콘을 하나 더 보낸다. 아버지 수술 잘되었으면 좋겠다. J에게서도 답문이 온다. L은 구구절절 사연이 길다. 나는 꼼꼼히, 문자를 모두 확인하고 정리한다. 어쨌거나 그녀들은 나를 필요로 하고, 나는 필요와 사랑의 경계가 명확하지 않다고 믿는다.

더는 불안하지 않다. 내 자유가 다시금 그녀들에게 단단히 묶여버렸으므로 나는 진심으로 안도한다.

여느 날과 다름없는 밤이 이어진다.

나는 오늘 종일 연락하지 못한 P와 H에게 따로따로 메시지를 보낸다. 별일 없지? 잘 다녀왔어? 미처 답을 보내지 못해 토라져 있을 N과 S에게도 문자를 보낸다. 아버지가 암이래. 유방암이시래. 기다리고 있었다는 듯 글자들이 날아온다. 뭐라고? 그랬었구나. 결국 암이신 거구나. 걱정돼서 어째? N에게서는 대번에 전화가 온다. “내일 찾아뵐게. 자기야, 기운 내…….” 빛깔은 다르지만 반짝이는 게 분명한 무수한 감정들이 사이버 공간을 따라 바쁘게 이동한다. 나는 발가락 사이사이에 다시금 팽팽하게 걸린 실의 감촉을 만끽한다. 그 선들은 제각각 다른 방향이지만 서로 얽히지 않은 채 무한한 공간을 향해 평행하게 뻗어 있다.

누군가 빠진 사람이 더 있으려나…….

나는 침대에 눕자마자 곯아떨어지고 만다. 북한도 남한도 모두 잠이 드는 시간, 언제나 그렇듯 불안은 없다.

작가의 말

더욱 애틋한 우리에게, 안녕

소설을 쓰면서 자주 떠올리는 단어가 있다. 흔히 인물의 '비극적 결함'으로 해석되곤 하는 하마르티아ἁμαρτία인데, 이것을 아리스토텔레스의 『시학』에서는 등장인물의 성격과 그 인물의 행동이나 태도가 교차하는 지점에 있다고 설명하고 있다. 나는 그 어원인 하마르타네인ἁμαρτάνειν의 원뜻에 충실하게 '과녁을 빗나가다' 정도로 이해해야 한다는 일부 비평가들의 의견에 동의한다. 하마르티아는 도덕적으로 중립적인 단어이므로 도덕적 실패나 죄가 아니라 무지로 인한 판단 오류 혹은 의도하지 않은 실수 정도로 보아야 한다는 것이다.

하마르티아를 염두에 두는 건 내가 만나는 세상이, 관심 갖는 이야기가 그러하기 때문이다. 물론 처음부터 근원적으로 사악한/선량한 성격을 지닌 인물이 사악한/선량한 행동만 하다가 사악한/선량한 결과에 이를 수도 있을 것이다. 조심스러운 성격으로 태어난 사람이 지극히 소심한 행동만을 하다가 '아무런 특별한 일도 겪지 않은 채' 심심하게 죽을 수도 있다는 말과 다르지 않을 텐데, 기실 그런 이야기는 소설적인 매력이 없다. 그렇게 한 방향으로만 흐르는 삶이 존재하기나 하는지도 모르겠다.

하마르티아는 인간에게 일어날 수 있고 당연히 생기기 마련인 무수한 어긋남을 포용하는 용어라고 생각한다. 기대기에 너무 쉬운 양극단만이 우리 생의 자리는 아니지 않은가. 아돌포 비오이 카사레스의 단편 「카토」에서 주인공인 다벨은 혁명적 정치가 '카토'를 연기하다가 배신자로 불리며 살해당한다. 그를 죽인 무리는 이전에 동일한 무대에서 다벨을 애국적인 투사로 치켜세우고 환호한 사람들이었다. 다벨은 변한 게 없었다. 혁명이 성공하기 전이나 후나 그는 카이사르에 맞서서 자유와 공화제를 지지한 카토 역을 충실히, 너무도 훌륭하게 연기했을 뿐이다. 변한 건 다벨을 찬양한 무리가 이전에는 저항군이었으나 정권을 차지한 후 정부가 되었다는 사실이었다. 이런 게 하마르티아다. 과녁을 빗나간 것이다.

혼돈의 도가니에서 태어나 그 혼돈을 품고 살아가고 죽는 날까지도 벗어날 수 없는 인간 삶에서 화살이 목표물에 도달

하지 못할 가능성은 무한하다. 화살을 쏘기 직전에 갑자기 오십견 같은 게 생겨 잘못 쏘았을 가능성, 날아가던 화살이 누군가의 아침 하품에서 풍겨 나온 악취로 현기증을 일으켰을 가능성, 과녁에 닿기 직전에 하필 피어싱에 꽂힌 나비의 날개를 뚫어주느라 미세하게 방향을 틀었을 가능성, 심지어 기다리던 과녁이 고약하게도 저 혼자 슬쩍 자리를 이동했을 가능성…….

소설을 통해, 단지 명명되지 않았을 뿐인 무한한 사연 가운데 넘어지고 통곡하고 손을 뻗어 구원을 청하기도 하고 그 손을 잡기도 하고 오히려 비틀어 버리기도 하는 다양한 인물들을 담고자 하였다. 그 와중에 아프고 슬프고 우스꽝스럽게 남겨진 무수한 감정의 편린을 줍고자 애썼다. 잘 해냈는지 모르겠다. 나 역시 짙은 하마르티아의 안개 속에서 여전히 헤매는 와중이므로, 여전히 혼미하므로. 분명한 건 쓰는 동안 더욱 애틋한 마음이 되었다는 점이다. 이별할 때, 동시에 만날 때도 쓰는 '안녕'으로 인사하는 이유다.

2025년 2월

심아진

결코 죽지 않았으나, 오래도록 잊힌 나머지 죽었다는 오해를 받을 소지가 있는 언어들을 채굴하여 소설에 옷을 입히는 행위는, 왠지 몰라도 오늘의 한국문학 현장에선 다소 드물게 찾을 수 있는 미덕인 것 같다. 나는 작가의 소설에서 그것을 발견했다. 어딘가 부족하고 바람직하지 않은 인물들이 등장하여 희화화와 왜곡을 무시로 일삼는 만큼, 읽고 나서 마음이 따스해진다든지 편안해진다는 약은 팔지 않겠다. 다만 담담하게 의표를 찌르는 개성적인 입담, 감칠맛나고 입에 들러붙는 서술들이 차려진 성찬에 집중해 주길 바란다. 직관적으로 핵심을 전달하여 만족감을 제공하는 것이 무엇보다 중요해진 속도의 시절일수록, 우리에게는 그것을 지연시키는 해학의 묘가 필요하다.

구병모(소설가)

뜬금없고 까다로운 규칙을 엄수해야만 입주할 수 있는 집. 노인처럼 하오체와 필담을 사용하고 때로 그조차 금지하는 묵언 수행자 집주인. 고작 이십 대에 상늙은이처럼 어이없는 그 집주인이 놀라운 맛의 아귀찜과 닭볶음탕을 끓여 준다면……. 대체 뇌가 있나 싶은 직원. 나무늘보처럼 느리고 잊을 만하면 사고를 치는 직원을 그저 감싸는 사람들이 일하는 횟집이라면……. 저마다 상대를 염탐하면서 혹여 내 속내를 들킬까 조바심치는, 얄밉고 귀여운 아줌마들의 티타임이라면……. 날씬한 해설사에 넋이 나갔다가도 경품을 받아 오라는 아내의 명령에 일순간 칼 루이스로 돌변하는 남편들이라면……. 연인을 잃고 연인의 반려견들을 차례로 보내는 데 온 정성을 기울이는, 반려견을 떠나보내는 매 순간 연인의 기억으로 허공을 걷는 듯 헛헛해하는 남자가 있다면……. 당신은 그들을, 그들의 시간을 거부할 수 있을까? 심아진이 그려낸 차휘랑, 송이 님, 거위 님, 모야 님, 레이, 보승……. 이름처럼 애틋하고 짠하고 사랑스러운 우리의 이웃을.

서하진(소설가)

수록 작품 발표 지면

「안내」……『영화가 있는 문학의 오늘』 2022년 가을호

「커피와 하루」……『월간문학』 2024년 8월호

「안녕, 우리」……『맥』 2023년 봄호(창간호)

「혹돔을 모십니다」……『맥』 2023년 겨울호

「절정의 이유」……『법치와 자유』 2023년 여름호

「불안은 없다」……『소설문학』 2013년 가을호

안녕, 우리

1판 1쇄 발행 2025년 2월 28일

지 은 이 심아진
펴 낸 이 김재문

총괄책임 진호범
편 집 김동진 정초희
디 자 인 최재원
펴 낸 곳 출판그룹 상상
출판등록 2010년 5월 27일 제2010-000116호
주 소 (06646) 서울시 서초구 반포대로28길 42, 6층
전자우편 story@sangsang21.com
블 로 그 blog.naver.com/sangsangbookclub
페이스북 facebook.com/sangsangbookclub
인스타그램 @sangsangbookclub
대표전화 02-588-4589 | 팩스 02-588-3589

ISBN 979-11-91197-42-6 (03810)